我和连岳一起成长②

连岳 著

WO HE
LIAN YUE YIQI
CHENGZHANG 2

东方出版中心

图书在版编目（CIP）数据

我和连岳一起成长. 2 / 连岳著. 一上海：东方出版中心, 2022.3

ISBN 978-7-5473-1956-7

Ⅰ. ①我… Ⅱ. ①连… Ⅲ. ①散文集－中国－当代 Ⅳ. ①I267

中国版本图书馆CIP数据核字（2022）第014398号

我和连岳一起成长2

著　　者　连　岳
责任编辑　张芝佳
装帧设计　钟　颖

出版发行　东方出版中心
地　　址　上海市仙霞路345号
邮政编码　200336
电　　话　021-62417400
印 刷 者　上海盛通时代印刷有限公司

开　　本　890mm × 1240mm　1/32
印　　张　9
字　　数　120千字
版　　次　2022年3月第1版
印　　次　2022年3月第1次印刷
定　　价　52.00元

序

这是《我和连岳一起成长》系列的第二本，由于我近来文章形态发生变化，以问答为主，这个系列估计就只有两本了。

我写文章、出书，喜欢的风格都是自然、朴素，有话则长，无话则短，序也是如此，所以，不多说了，请看正文吧。

目录

人生的非线性回报

找到
值得重复的事，
并重复它，
就是繁盛之路。

CONTENTS

生活最后还是逻辑，
你指望违背逻辑的事情发生，
就只好耽误生活。

逻辑无敌

拎得清才幸福

爱情属于知识范畴，
可以用知识工具
让爱情更能把握，
让喜欢爱的人更能得到爱。

爱是一个肯定体系

教育最重要的功能
就是唤醒一个人内在的
成长欲望和力量。

平淡人生的美妙滋味

远大理想的
注要小，
现实生活的
注要大。

人生的非线性回报

WO HE LIAN YUE YIQI CHENGZHANG 2

找到
值得重复的事，
并重复它，
就是繁盛之路。

人生要经历
一次衡量体系的重大转变

人一生会面临一次衡量体系的变化，发生在离开学校找到工作的那一段时间。

一个人若无法适应这种变化，就会陷入混乱，他会误解世界，也将浪费自己。

学校的衡量体系更明确，以分数体现，最后那张文凭证明了你的学习能力。一张好大学的文凭是有力的职场敲门砖。没有这张文凭，起点就得低一点。或者只能自己创业，自我雇佣，老板反而是不需要文凭的。

人应该努力进入好大学，在学校这个衡量体系里领先。其实，这句话也是多余的，那些聪明努力的孩子，想不进入好大学都难。长达十多年的基础教育，基本避免了意外，最后甄别出的好学生，都是聪明与自律兼备的孩子。好大学的毕业生，又有更多成为精英。这条精英“生产线”，一直是有效的，这也是好大学存在的价值。

没有能力读好大学的人，心里未必服气，这时候有两种反应。

一是容易盯住好大学毕业生里的一些不思进取的人，用来证明读书无用。这是知识水平较低、不理解概率的结果，再好的大学，也有一定的报废率。人有点悲悯心，就会知道，人生总有些意外，有些人可能扛不过去。

二是始终被学校的衡量体系绑架，发誓不搞到自己喜欢的文凭就不离开学校，就像下面这个孩子一样：

> 连叔，我高考复读，也只考了二本。当时算是一直没投入进去。今年感觉真的努力了，又考研失败，感觉报的学校对自己来说是有点高了，另一方面竞争也比预估的激烈。有时候觉得是自己能力太弱，所以总是失败、痛苦。有时候又觉得越努力越幸运，我一定是没有别人努力。虽然难过，还是想再考一年。

这类孩子，犯了一个战略性的错误：以己之短，搏人之长。长久来看，这会增加自己人生失败的概率。但是这种失败又是以努力的姿态得到的。在教育资源供给较为充分的当下，一个人再不会读书，只要死磕，花足够多的时间与精力，我不怀疑，他能够得到某个大学的研究生文凭，甚至更高级的。他毕业后一把年纪，以为自己在学校衡量体系里胜出了，世界就得按文凭给他待遇。雇主一试用，除了文凭，一点真本事都没有，还不如摔打了几年的高中毕业生，他并没有义务为你的文凭付工资。

对一个工作者，世界的衡量体系改变了，你有没有能力，你能不能创造价值，这个标准更重要。能创造价值，有张好文凭，锦上添花。有张文凭，什么事都不会，那不过衬得自己更笨。

绝大多数实务能力，需要实践，需要试错，得花时间累积。事情不做不明白。这是经济学中著名的“干中学”的原理。在学校的衡量体系里失败的孩子（他们占大多数），命运开启了另一扇大门，尽早边干边学，让现实摔打，尽快在能力衡量体系里领先。这个体系的核心也是学习，只不过没有文凭罢了，但它给钱，真诚得很。

日本零售业巨头似鸟昭雄，小时候读书成绩很差，他父亲脾气不好，但有句话为他指明了人生方向：“我不会责怪你成绩不好，因为你的父母都是笨蛋，你是笨蛋也属正常，你不是大学生没有关系，你以后多雇佣大学生就是了。”

这句话所有人都应该记住，尤其是“笨蛋”父母和“笨蛋”孩子，在学校的衡量体系无法胜出，那就赶快去工作的衡量体系里努力。否则，大方向错了，越努力输得越多。

找到值得重复的事，并重复它，就是繁盛之路

爱因斯坦曾这样定义疯狂：重复同样的事以期待不同的结果。

同样的事情，只有同样的结果。同样的因果律在起作用，一个理智的人可以意识到这点，三七二十一，那么三乘以七就永远都是二十一。意识不到这点，以为三乘以七下次可以等于二十八，那就疯了。

重复同样的事情，得到同样的结果。重复好事情，得到好结果；重复坏事情，得到坏结果。这个道理很容易理解，孩子有了理智以后，马上就可以理解。只有疯狂的人，才不理解。

所以，人生质量的好坏，可以归结于你在重复什么：重复好事情，人生好；重复坏事情，人生坏。

找到值得重复的事，并重复它，就是繁盛之路。

从大事看，人类驯化大麦、小麦、稻子，进入农业社会，

就是这些植物每年成熟一两次，一粒种子产几百粒的果实，每重复一次，收益都大，粮食多了，人就多，人多了聚集在一起，更多新的可能就产生了。狩猎比较难重复，一是猎物可能越来越少，二是每次狩猎都很独特，碰不到猎物，或者失手，就只能挨饿了。而把野猪驯化了，得到肉食就容易多了，不需要高明的猎人，会干活的小孩都可以养猪。

往小处看，一个人也有找到自己的麦子和稻子的过程，你有了持续产生收益的可重复的行为，你的日子就好过很多。

比如一个人跑步，每次的速度与距离都差不了多少，他不可能无限地更快和更远，但每重复一次，身体与意志都受益一次。

一个人得到一个好观念与好方法的最明显体现，就是他从此更多地运用这个好观念与好方法。正如你有幸认识一位医术高明、医德高尚的医生，你每次生病都愿意找他。

我们老说，分工有好处，好就好在你可以大量重复某一个技能、某一件事。在城市里，你经常遇见一些人，感觉并不聪明灵活，但也活得不错，原因就是他们把分工给他们的那一件事，做得还不错，不至于被解雇。而分工细的好处是，很多活不需要特别高的技能。这一点，发明生产线的福特早就发现了，汽车这么复杂的机器，只要把流程环节拆分得足够细，就可以大大降低难度，有些环节傻子都能做。这是阿甘式生存，笨一点没关系，不骗人，只会跑，那你就不停地跑，总有人需要你跑这个技能。

你肯定不想只当阿甘，支持你，这个志向要有，我们总是希望找到更有价值的重复。简单地说，这往往体现在收入更高，心情更愉快。但仔细想想自己的生活，可能很多人连阿甘的境界都达不到。你明知有些事不值得重复，但还是会重复，于是走上衰败之路：

你知道吵架两败俱伤，于事无补，但你还是经常吵；

你知道无来由地怒斥孩子，他的心情不好，但你还是为了发泄自己的情绪克制不住；

你知道让家人烦恼，让生活状态变糟，是辜负信任与爱，但你还是一日日让惰性持续；

你在赌博中输了太多钱，但你总以为下一次就会赢。

无价值的事情，一再重复，你就是一个无价值的人。

有价值的事情，一再重复，你就是一个有价值的人。

这就是简单的因果律，一直在起作用，世界并没有那么复杂，生活也并没有那么艰难。

关于工作的十点建议

常有人问，怎么找到自己喜欢、收入又不错的工作，这让我想到，不少人对工作还有太多的误解，所以提几个建议：

1. 不要害怕找不到工作，失业是非自然现象，只要你愿意暂时工资低一点，工作勤奋一点，永远都有工作。

2. 工作的主要目的是得到收入，收入能够让自己活下去。如果喜欢才从事一件工作，我想，世上就不会有牙医、会计和火葬场工人。一项工作沉闷琐碎，但能够带来较高收入，应该珍惜，这保证工作之外你能从事自己喜欢的事业，会计可以成为出色的诗人。

3. 再喜欢的工作，也都会偶尔让你厌烦的，如果让喜好左右自己，那么，没有一项工作能够持久。工作要出色，战胜不喜欢才更重要。

4. 只有开始工作，你才知道自己擅长什么。绝大多数人以为自己有创造力，有文学或艺术天分，而他们并没有。

还好，绝大多数工作也并不需要你有创造力，不需要你特别聪明，普通人努努力能做到的事，反而是工作中需要的，比如守时、守纪律、有秩序、有条理、交代的事情及时处理、细心、出错率低，这些做到了，到哪里都是受欢迎的员工。相反，会不会写诗，品味如何，并不重要。

5. 要在工作中持续提升能力，不进则退，不合格的人被淘汰，这才是常态。你至少需要一个一年规划，写下一年后希望自己提升的能力，一年后再作对比。我坚持了多年，觉得很有效果，完成了很有成就感。

6. 要有耐心，你的努力，你的能力培训，可能十年后才出效果。拼几天，感动一下自己，就向世界索要回报，没那么便宜的事。有人写公众号，写了一年，没什么读者，很沮丧，问我怎么办。二十多年前，我第一年写的时候，也没什么读者。二十多年后，侥幸有了读者，我也得每天早上5点起来写，做苦一点的事，再有些耐心，总会有碗饭吃的。

7. 需要表达观点时，诚实表达你的想法，并用逻辑支撑。你无法讨好所有人，人们，包括你的老板，最终喜欢有想法的人，这些人才能从事更重要的工作。人云亦云，随波逐流的人只适合低端的工作。

8. 当雇员不丢脸、不失败，绝大多数人并没有能力当老板。一个好雇员值得尊重。

9. 要从脑子里剔除老板剥削雇员的陈腐论调。一直到公司倒闭，雇员都有薪水领，而老板可能输掉自己的身家，公司成功，他多得一些，是应该的。由错误观念导致的委屈与对立，容易毒害精神，影响工作。

10. 不要从事与自己价值观不合的工作。

工作让我们辛苦、疲惫，但人都离不开“工作着的状态”，毕竟是工作让我们有能力照顾自己爱的人，在工作中找到乐趣之后，一个人会自愿工作很长时间，这让他生命质量更高、更健康，也有更多的可能。

工作累，工作也美。

选择工作的六种价值观

我曾说过，不要从事与自己价值观不合的工作，有读者建议展开说：怎么判断工作与自己的价值观合不合？

比如说，一个盗窃团伙觉得你身手敏捷，招募你当小偷，承诺丰厚的回报，我想，99.99%的人都会拒绝，因为“不能偷窃他人财物”是人自然而然就有的正确价值观，违背这价值观，自己羞愧，也会被他人谴责，受到法律的制裁。一个人最后去当小偷，基本就是从事与自己价值观不合的工作。

当然，世上的许多职业，其价值观并不是这么容易判断的。我从事写作这一职业，但不是意味着写下任何文字都行，我是自愿主义者、市场主义者，这是我的价值观，如果有人付我极高的报酬，写鼓吹奴役的文章、写反市场的文章，我不能接受这工作，因为与自己的价值观不合。

一个人价值观的形成，或者一个人娴熟地用自己的价值观去分析问题，不被带偏，我想，可能要等他活到45岁。在此之前，大学毕业的年纪，一些基本的价值观该有，这些基本的武器慢慢修炼，路会越走越顺：

1. 己所不欲，勿施于人。这条金箴，可以说是一切价值观之母，用它作判断，可筛选出许多不合适的工作。

你收了房子，办了房贷，接下来，房产中介、装修设计公司就能“神奇”地得到你的电话号码，开始密集轰炸。给人打电话，这个看起来没有错的工作，只要你想想，你自己绝对不愿意被广告电话轰炸，就能知道，从事这种工作有违价值观。以强骚扰的方式推销，就是己所不欲而施于人，这么做的人，价值观出了问题，其实工作也没有效果。

2. 依靠自己的勤奋。勤奋的人未必有成就，路径选择错了，运气不好，勤奋也会没用。但是，有成就的人一定是勤奋的。不存在轻松又钱多的工作，很多人以这个标准找工作，只能找到坑里，或者无限浪费自己的时间。

3. 多做一点，表达自己的追求。在一个你喜欢的公司里，你一般得从最基础的工作做起，想晋升，是人之常情，洛克菲勒的原则是完成自己的工作后，自愿多做一点，提升效率，解决难题，证明自己可以胜任更重要的职位。这一条可以视为勤奋原则的升级版。

4. 工作必须提升家人的处境。对，必须。有些工作损害家人利益，体现为家庭的经济状况更差，家人为你担忧过多，无法得到你的照顾，那么，无论这份工作听起来多么高大上，也不该做。把爱你的人照顾好，再考虑其他，包括你的兴趣。

5. 自己的收入自己争取。这有两层意思：一是你可能碰上忽悠人的、猥琐的老板，只喂你理想，不愿意给你钱，这时候你要有勇气看破、止损，离开这种人；二是你的工作若是只值一个低价，你不要指望或鼓动公权力强迫给你定个高价。

6. 你愿意孩子从事你的工作。

人生的非线性回报

人生很难的地方，就在于要等。你的能力，你的美德，它们得到的回报，几乎都不在当下，而在似乎很远的未来。这是人生的非线性发展，短期来看，好与坏，努力与懒惰，好像区别不大，但是到了某个瞬间，积累了品德与能力的人，层级突然就会有个大跃升，这就像好股票和好房子，它们不是每天均匀地涨，而是在很长的时间内乏味地波动，然后在一个很短的时间段突然暴涨到位。

天天要回报，忍受不了乏味的等候，也就享受不了暴涨。人生也是如此。

但这个道理真的很难变成信条，与人相关的道理，字面都不复杂，但要变成信条与行动，却要有切肤之痛，或许在10年、20年之后，你见证了一些人踏实的成功，也旁观了一些人的黄粱梦醒，你才知道，平时的每一分作为，都有无形的记录，或减分或加分。从这点来看，你有苦可吃，有艰难一点的工作，其实是好事，你知道自己在做加分的事，而偷懒奸猾，越有欺骗性，对自己越不利，因为无法停止减分行为。

这个世界，终究是属于好人的，属于美德的，属于勤奋的，否则，人类早就灭亡了。不相信这点的人，不过是在劝说自己作恶，并把作恶的原因归结于他人。

基于这个原则，我非常喜欢合作中的诚实原则，喜欢对方，就直接说出来，真诚地夸奖，自己的要求，也可以坦诚相告。

秉持这种原则，会不会遇上坐地起价的人？诚实地告诉你，会，有一定比例，他们理解不了你的真诚，反而想，咦，来了个傻子，不宰白不宰。但这有什么关系？你我毕竟不是傻子，对市场行情有谱，价格超过了合理的波动区间，自己知道。再说了，任何人、任何商品并非不可替代，碰上不对路的人，不打交道就行了。多数人，自己的努力、自己的产品，被人肯定，他们会回报你的眼光与善意，彼此沟通的效率将大大提高。真被人占点小便宜，吃一次亏，也没浪费，那是你识人的成本，把这些人拉入黑名单，你积累的合作者质量越来越高，就是在升级你的系统。

真诚，但不傻，只选择真诚回报的合作者，这是进化的策略，这也是人生的等候工作。你得等候自己的能量增长，与此同时你才会有更大能量的合作者。你得等候自己所处的这个系统中，所有参与者的能量增长。一个希望自己变好的人，一定也会趋向善良，他会希望自己所处的城市、所处的国家变好，希望整个世界变好。抱怨者、诅咒他人者、算计他人者，反映出他正在变得更糟糕。

善待你身边值得善待的人。否则，你会失去一切。

有些不善良的老板，员工能干要价又不高，他反而更要克扣，巴不得别人自带干粮，最后肯定会失去这些员工。

有些不善良的员工，觉得老板不错，心思就放在多多偷懒、多多要钱上，巴不得老板替自己打工，最后肯定也会失去工作。

有些不善良的人，仗着别人恰好是自己的家人，是自己的朋友，不知克制，为所欲为，给得太少，要得太多，甚至给他们制造痛苦，最后只会失去爱与尊重。

不善良的暂时获利，最后就是永远失去。善良可能让你暂时有一点点小损失，如果不是特别傻的话，很快能止损，进入有一点点小获利的阶段。你会有稳定的工作、稳定的生意，在非线性的人生中，等来自己的人品大爆发。只有相信这点，你才能做到这点。

人脉很重要，如何得到？

人脉挺有用的，人是社会动物，人靠彼此间的分工合作串联起世界。

所以我很理解年轻人迫切想建立人脉的渴望，甚至以为有捷径。

人脉，和内向外向，和能不能聊，和你的长相，都没有太大的关系。

人脉最核心的，是和你的能量有关系。你能量大，再闷再宅都有人脉；你没能量，天天蹭人家也没人脉。

中国古人有句话，冷酷地揭露了这个真相：穷在闹市无人问，富在深山有远亲。

要有人脉，最重要的是你自己的成长。

一对夫妻，一方成长，一方停止，力量变得悬殊，三观也不相同，感情就会出现危机。能量消退，连这最亲密的人脉都会失去，更别说其他关系了。

以为混饭局，混同学会，混老乡会，甚至以为没事麻烦别人，就能混出人脉，那真是还没走出小农思维的旁门左道，也是对他人智力的侮辱。

你一点本事都没有，去蹭别人，说点廉价的马屁话，意图太明显了：我看中的就是你有本事，以后你得替我解决问题，最好能照顾我一生。脑袋不是进水，怎么会搭理你？

农耕社会，人的活动范围小，人与人的联结，靠血缘亲缘，和你扯上一点关系的人，你都得帮忙，即使你心目中万分瞧不起这个人，也不得不打点施舍，你不是得罪不起他，你是得罪不起社会的底层结构。

这种思维方式仍有惯性，或者借用新包装再出现，这也不奇怪，毕竟中国进入市场社会只有短短几十年而已。太多人还没有接受和欣赏“在逐私利基础上的互利社会”，还不明白，人脉建立的最好方法，莫过于你为他人创造价值，即使在这过程中，你本人得利。

年轻的洛克菲勒有个完美的示范。

在经济不景气的情况下，年轻的洛克菲勒去找工作，排队轮到他面试时，厂方问他：“你想要怎样的工作？”

他说：“要你们所有工作中薪水最低的，因为我急需一份工作。”

这样，没有任何关系的他得到了这份工作。

不幸的是，工作第一天他就受伤了。他征得厂方同意，当晚留在工厂，发明了一件工具，既能防止受伤，又能将效率提升一倍。

他早早完成工作，然而并不偷懒，而是提出要求：这岗位已不能提升我的能力，给我更具挑战性的工作吧。

你是老板，你也愿意不停提拔这样的人，他能为你创造利润。结果，洛克菲勒在三个月内，从组装工人升至部门经理助理。

然后他辞职了。他只不过是为了测试自己的能力，看看怎样从一无所有走到重要岗位。

并不需要洛克菲勒这么聪明，眼里有活、能创造价值的人，他接触的任何一个人，都会赏识他、喜欢他，有机会时，乐于推荐他，合作时，也第一个想到他。人脉不就是这么建立起来的吗？

人脉是个成长系统，只要具备两个条件，人脉都得找你：

1. 你本身是个成长者，随着年龄的增长，你的能量也在增长，你有跟人交往的资本。

2. 你是一个欣赏者，你欣赏别人的成长。有些人聪明，起点也不低，该受的教育也受了，该有的背景也有，但是因为嫉妒心过强，只要朋友比他出色，他就眼红，不可能分享他人的成长。

不要担心没有人脉，要担心自己没有成长。

如果我有他那样的人脉，也能把事情做成！这是很多人挂在嘴上的话。

中国人原来讲关系，但“关系”这个词被污名化了，人们不太爱用，改用“人脉”取代它。一个人重要，直接体现之一就是他有人脉，他能联络到许多重要人物。很多人对这点有误解，以为这个人什么事也不做，只是打打电话，发发微信，其他重要人物就替他把事办了。这其实也是对人脉的误解与污名化。抱着这种想法，人不可能有人脉。

电影《绿皮书》里，有一个情节，对人脉有很好的解释。因为司机托尼的冲动，打了挑衅的警察，雪利博士和托尼都被关进了警察局。雪利博士不得不动用自己的人脉，给熟识的司法部长挂了电话，得以脱困。长期厮混于底层的托尼觉得很牛，扬眉吐气。雪利却非常沮丧，认为自己用这样一件事麻烦朋友，是非常掉价的、没有尊严的事。

这让我想起二十多年前的一件事，当时我还在检察院工作，是一个普通的助理检察员，工作就是写写材料。有一天，老家来厦门打工的一个年轻人给我挂电话。他在厦门与一位当地的姑娘恋爱，两人有一天去著名的鼓浪屿游玩，姑娘随口一说：“好像有栋老别墅原来是我家的。”这小伙欣喜若狂，想到了我——一个在权力机关工作的人，就为这事给我挂了电话，给我安排了这样的工作：“鼓浪屿有一栋别墅是我女朋友家的，你想办法把它还给我们！”我太过震惊，默默挂掉了这个疯子的电话。这个年轻人，对世界，对权力，对人与人之间的关系，充满了幻觉与误解，几近癫狂，从他请托的这一件事就全体现出来了。

一个人的所有行为，都在给自己标价。你是廉价的，还是无价的，都由你自己说了算。在对人脉的理解上，太多人把自己廉价化了。

一个人，有能力，有才华，有信用，有地位，你自然想亲近他，这是人之常情，重要的人物总是有吸引力的。但你对他抱有什么目的？想利用他、指使他，抱着这样剥削的念头，那你可能就会大失所望，他如果让人这样控制，他的能量就无法聚焦，不可能变成重要的人物。他或许会满足你几个廉价的要求，毕竟举手之劳，但也会按你的标价轻视你。

我们亲近一个人，就是出自广义的爱。爱不是索取。有些人鄙视重要人物的理由是：他的观点我也知道，我也说过，有什么了不起的？曹德旺说人不要独贪利益，合作伙伴一定要有钱赚。褚时健证明人只要还活着，就可以掌控自己。这些道理都很简单，阿猫阿狗都知道，但为什么阿猫阿狗说了没人理会？曹德旺、褚时健还是阿猫阿狗时，他们说了也没人理会，只不过，他们用自己的一生实践这些道理，别人自然会记住他们的原则。

我们越亲近一个人，越容易得到他的方法与原则，将他们的格局变成自己的格局，将他们的理念变成自己的理念，而于他们又毫无损失，这才是正确使用人脉的方法。同样，你能开启他人的格局，给予他人价值，那么，亲近你的人就会更多，换言之，你的人脉就多。获得人脉，在于你有自己的能力、品格和信用。一个人哀叹自己输在没有人脉，等于变相承认自己没有价值。这是大忌。你看起来骂了别人，爽了，实际上是彻底否定了自己。

如何增强自控力?

自控力，自我控制能力，字面上看起来好理解，但说“要增强你的自控力”，一下子就变得毫无头绪，所以，得更具体一点定义自控力。

人的行动，最核心的成本就是时间，它以稳定的速度消逝，无法储蓄，每一秒都在成为过去。时间最公平，再大的权力，再多的财富，也无法增加自己的时间，就是美人，时间也不独宠。

时间是冷酷的尺度。这个属性，可以用来定义自控力。所谓的自控力，就是一个人在一段时间内控制自己做一件事的能力，时间越长，事情越难，自控力越强。

先来看看这位朋友的问题：

连叔，自控能力很弱怎么办？想早起看书或跑步，真的怎么都起不来，睡不醒，晚上回到家也是躺床上玩手机，知道看书好就是静不下来，这样还有救吗？

一个人在失控时，有没有做事？有，只不过是做特别容易的事：失控无法早起，就是在睡觉；失控无法读完一本书，就是在娱乐、聊天、刷无聊的资讯。这说明，自控力并不自然，自然的状态就是婴儿的状态，自控就是做难一点的事。人若想过没有难度、没有压力的生活，那根子里就错了，你这是在追求失控。

自控是后天习得的能力，它有一个由小到大、由弱到强的过程。但自控并非特别难，以至于只有少数人才可掌握，它有点类似于跑1万米，刚开始练习的人，跑100米都喘，但慢慢加量，一年后，所有人都可以跑完1万米。在跑的过程中，依然痛苦，心肺有压力，乳酸在堆积，但你能够控制它。

自控力的养成，也类似于此，最重要的就是：开始！先从3分钟开始。3分钟静坐也罢，3分钟阅读也罢，这是任何一个成年人都能够做到的开始，然后慢慢增加时间量，用计时器设定，最后增加到30分钟。

每天给自己找一段大块的时间，至少30分钟，1小时更好。早晨最合适，你刚睡了一觉，即使是被闹钟叫醒，你的精力也是一天中最好的，此时干扰又少，把你最想完成的事放在这个时间段做，你想写文章，就在此时写，你想读完一本书，就在此时读。一整块30分钟增长的自控力，远远胜过100个零碎的3分钟。

克服厌倦感。一件事足够重要，一件事耗时足够长，一件事有难度，在完成的过程中，厌倦感的产生，是必然的，会有一段痛苦的过程，这就好比长跑中的乳酸堆积，此时可以再次设定更小的目标，比如：再写100字，再跑100米，再读10页。

完成它。你可能羡慕那些阅读强人，想学习知识，找一（几）本相关领域最好的书，沙沙沙，像蚕一样吃完那些书页，就可以吐丝了。你可能读得不快，笔记做得不好，对书本整体的架构认识模糊，运用新知识也不熟练，你是个新手，但你终究是可以完成的，每一个字你都认识，从第一个字看到最后一个字，就是了。慢，理解力相对弱，都不致命，致命的是没有完成，每本书都只读了几页，每件事都只有开头，或许你读的每本书都很好，每件事都值得做，但无法完成，你得不到它们的好，摧毁的就是自己的信心。

有了自控力，你才能管理你的时间、你的身体、你的情绪和你的金钱，没有自控力，你自己都不是你的，人生不可能丰盛，偶尔有所得，你最终也会败掉，所以，要告诉自己：我必须有自控力，这点没商量。

青年的资本与陷阱

青年的资本有两个：一是时间，二是理想主义。

青年的陷阱也有两个：一是时间，二是理想主义。

可以说，绝大多数青年都是理想主义者，关于自己，关于世界，有许多梦想，青年的眼光本来就向前，理想主义是天然属性。但是，理想主义和空想主义，是孪生兄弟，看起来几乎一样。唯一的区别是，理想主义引发大量的行动，接受现实严格的检验，而空想主义只停留在口头，与一切行动绝缘。

常有些青年，估计也就大学毕业，发邮件给我，指导我怎么写作，甚至表示能让我的公众号的影响力增加10倍，每年赚的钱增加10倍。他们不是骗子，挺真诚的，是真的觉得我走得太慢。我有时候会顺着他们给的链接看一看他们的作品，基本上不怎么会写文章，公众号的更新都很勉强。是什么让他们有这样的勇气？那是他们相信很多事情空想一下就能成功，只不过空想包装上了定位、策划、理想，比做实事有趣多了，轻松多了。这种类型的中老年人其实更多，有的都成了有意的骗子。他们中的很多人，可能当起了青年导师，一天一个风口，仿佛赶不上人生就完蛋了，认真做事的人，他们觉得像个傻瓜。

一些资质挺好的青年，也走这条路，我还是觉得可惜，多少会提醒一下，还是要务实，从具体的事情做起：做面条，就想着怎么把面条做好；写文章，就想着怎么把话说清楚。从这个角度看，起步时，碰见严厉的导师，严格的企业，其实是好事，他们在细节上打磨你，你出师后拍拍屁股走了，一身本事是你自己的。天天让你务虚的、纵容你懒散的，似乎让你尽享青春时光，其实是毁了你。

理想的实现，小到照顾好自己和家人（其实很大了），大到多少影响这个世界，不耗尽自己的青春，估计都做不到。青年的好处是有青春，耗得起。但坏处是，很少人有这个耐心，你20岁许的愿，35岁才会实现，中间多是孤寂、误解、磨炼与忍受。有太多人相信捷径，跟着潮流，这里玩几个月，那里试一两年，西学时髦就学伦敦腔，国学走红就穿盛唐装，公众号写一个月没10万+的阅读量就绝望，工作一年买不起房子就诅咒社会，转眼35岁，青春全部用光，一事无成，怪谁？家人还能宽容你，公司还没有开除你，就该谢天谢地了。

青年应该有压力。但这句话没什么人愿意说，也没什么人愿意听。青年一般还是受宠的，父母认为他们还是孩子，雇主们认为他们还是新手。青年不用养家，没钱也不着急，动辄翻脸，因为青春，显得那么的朝气。是，时间就是你的筹码，你有资格浪掷，可输光以后怎么办？这将是你的第一个中年忧郁。

那些试图教导我的人，都是在教我偷懒，怎么只做一分，夸张成十分。他们也是这么教青年的。而我的人生告诉我，做一分，能得到一分，已是老天眷顾，每天有事做，开心都来不及，怎么敢有抱怨？理想那么美，怎么可能人人都实现，你用够时间，你用足耐心，才有竞争的资格。

没有什么景气不景气

目前，可能绝大多数人心里都做好了过紧日子的准备，日子会不会紧，我不知道，但是，这种居安思危是好事，很多人是在松日子里破产的，盲目乐观，相信那些天花乱坠的发财计划，结果往往输掉全部身家。

居安思危应是一种常态，从某种程度上说，你所得的利润，就是为了让你渡过危难情况的，总会有一段时间挣钱不易，总需要有一定的投入，有时还要忍受暂时的亏损。没有积攒的利润，在这些阶段，企业可能就活不下去。

但是，凡事都有度，过了度就不正常。爱干净是对的，但过分爱干净，一天洗300次手，就过了度，生活无法继续。居安思危是对的，但300倍地放大危险，任何事情都看到危险，也过了度，活活把自己吓死。

人总在面对未知，因为人本能地害怕未知，所以人是容易悲观恐惧的动物。虽然人类社会在几百年来是急剧变好的，但人的悲观情绪一点也不见少。由于媒体的发达，坏消息满天飞，人的悲观程度甚至是增长的，一个主动寻求悲观的人，天天都会觉得世界要完蛋了。

你好不好，问你自己一个最简单的问题即可：

如果是雇员，你有没有失业？没有，那可以放下90%的悲观，还剩10%就是正常的居安思危，促使你成为一个更合格的员工，避免失业。

如果你是雇主，你的公司有没倒闭？没有，那可以放下90%的悲观。我也是开公司的，我甚至一点不悲观，一天天把工作做好，该吃的吃，该玩的玩。雇主自己更敬业一点，更投入一点，甚至更乐观一点，公司的未来就好一点。

这个基本盘在，把自己的信誉经营好，无论是雇员还是雇主，你都诚信可靠，再适当有一点备用金，你生活的风险就不高。竞争是具体的人与人之间的竞争，不是人与模糊的观点的竞争，做得比别人更好是最核心的。

我很喜欢松下幸之助的一句话：商业没有所谓的景气不景气，无论任何情况，非赚钱不可。

一个人，没有这种信念，是走不远的，因为每一天都有不景气的预言。你从事的任何一个行业，朝阳行业也罢，夕阳行业也罢，都是他人需要的，做得比同行好，你就有钱赚。专注于自己做的小事，少去关心大话题，你会踏实得多。就像有位读者对我说的，他们夫妻是做面条的，她专心做面条，也鼓励丈夫更专心一点，不要因为自己是做面条的而自卑，面条做得好与不好，都要找到原因。这就是职业精神，我非常喜欢，人永远都要吃面，专心做面条的人，有什么不景气？这也是我每天早上5点起床写文章时想的，人永远都要看文章，我是专心写文章的人，有什么不景气？脱离自己的专长，老想着轻松赚钱，搞一票大的过上好日子，那才是危险的生活方式，再景气也会出事。

人要有长远计划，每一天都应平稳，起伏不能大，有定力，情绪稳定，这是认真做事的基础。这也才能把景气掌握在我们自己手上。

失业总会存在，这也是经济的必然，属于分配资源的方式之一，人是最重要的资源。失业意味着某一行业、某一领域已经不需要这么多人、养活不了这么多人了，这些人需要重新学习，到更需要人的行业中去。失业对个体来说，很冷，对整体经济来说，又是运行的必要，就如冬天是必要的季节，虽然那时田里没有作物，但地力在恢复。

工作是不缺的，而且技术越发达，工作机会越多，因为组合要素增加了，机会也在增长。比如，传统媒体这几年经历了倒闭潮，但新媒体（微信公众号就是一种）增加的就业机会，更多，更有趣，更有潜力。技术只是让你换了一种工作方式。又比如小小的外卖技术创新和网约车技术创新，谁能想到，它们能提供那么多工作机会，而且是低技术、低门槛的工作机会呢？

工作还有更重要的一环，是人的观念，你得知道工作是什么，不然你怎么找得到？找到了也会失去。

恕我直言，我觉得很多人的工作观已经被带坏了，觉得工作就应该是轻松、好玩、有趣、钱多，这样怎么可能有工作？工作从来都是累、疲惫、重复，收入匹配能力就是公道。知道真实的工作，你就不会排斥，否则，观念与现实在割裂与冲突，工作一天你就会感到痛苦。

人的生活中，应该有轻松、好玩与有趣的一面，但是，这点应该自己去找，你在工作以外还有大把时间，那都是属于你自己的。人之所以要工作，就是因为有了8小时的赚钱，其他时间都是你的，可以用来陪伴家人，可以用来娱乐，也可以用来学习。工作是谋生，谋生是为了你梦想中的生活。

德鲁克和巴菲特都认为，好的企业，就是那种看起来沉闷乏味，不高大上，但是钱又挣得多的企业。大多数坏企业刚好相反，天天有新意思、新思维、新做法，三天两头演讲打鸡血，像开派对，但钱一烧完，公司就垮掉。对于没有经验的“菜鸟”来说，坏企业反而更有吸引力。

上班谋生时，好好工作；下班生活时，好好享受，好好学习。一个人分得清这界限，工作会出色得多，机会也会多得多。一些人失去工作、创业失败，往往就在于基本的工作理念出了问题。

地上有真金，为何你捡假币？

我有一次讲到记笔记的事，大家对这点反响挺大，这让我想到，有些最简单的事，反而最容易被忽视。

我和连太喝茶时，桌上有三本笔记本，她习惯随手带一本，我带两本，我分的类别更多一些。从书房到客厅，从客厅到书房，我都不厌其烦，带着笔记本，保证我想记录的时候，马上能写下来。当然不是笔记本越多越好。连太只用一本，每天处理的事情比我多，也不误事。

有一本笔记本，我记录常规之事：当天写了什么文章，跑了几公里，做了几下引体向上之类。从单日来看，这类数据价值不大，是琐事，但是对比看一年前、几年前的记录，就有意思了，个人生活与思维的脉络都可以理清，同样一件事，因为有了时空的纵深，往往理解也更深。

另一本，是完全随意的记录，如果你捡到了，就会看到上面写满你不知所云的文字片段、各种符号和数字，我每天要随手涂几页。我称之为“达·芬奇的笔记本”，因为他老人家也有这个习惯。

在写作、阅读和聊天时，有想法，我就会随手做个标识。人每天的意识流，其信息量可能大过亚马孙河的流量，只要捞起几个看起来有价值的想法，就能像渔民捕到几条大鱼，我全靠这本笔记本续命。不记录，则所有念头转瞬即逝，有时仅过了几个小时，你就会懊悔：刚才似乎有个想法，可是现在一点都想不起来了……不捕鱼，鱼不会等你。

有些记录是没用的，有些记录很长时间后才会起作用，有些想法与观点，像谷物一样，几个月后才会成熟。但随着这类笔记本的积累，个人的思维图书馆就建立了，所以我从不担心明天没东西写，思维在，笔记在，就有东西写。

这是基本功，是无门槛的低科技。我一直坚持用原始的手写记录，手写本身是思维、是强化，查阅也更直观。围绕一个记录，在空白处不停增加相应的想法，一篇文章就已经完成了。

我个人从这习惯中受益极大。这个基本功，我几乎向所有年轻人推荐过它的好处。但认真操作的人，比例很低，甚至会对我产生怀疑：你好不容易教一件事，就说这个？你可能没什么货吧？

所有基本功都是这样，朴素无华，简单枯燥，单曲循环，可一切丰富复杂的技能都由它们构成。一即是多，多即是一。

我有个好朋友，到大学招聘，职位要求写得很清楚，但不少应聘者却无视，一坐下来，反而跟他谈怎么经营公司。他很纳闷，怎么一毕业都想当CEO（首席执行官），一天生意都没做过的人，大言不惭地教别人怎么做生意？这些孩子的教育到底出了什么问题？

这是人要经受的虚荣与急躁病毒，好了，能产生抗体。这个阶段的人，容易对一学就能复述的大词上瘾，反而无视基本功的重要性，心思都放在取巧、操弄和所谓的策划上，至于具体怎么做事，我不管，那太辛苦，太乏味，我等不了那么久。这就像一个从不读书的人指导别人怎么读书，一个不会写作的人开起了写作班，表面上再热闹，都只是泡沫，走的是邪路。

永远不要以为可以靠泡沫骗人，也不要在泡沫上建立自己的事业。从最乏味的基本功做起，正因为很少有人愿意做，做起来又往往需要几年才见效，所以才是你竞争力的护城河。

多数人阔不了，但也有进阶之路

中国股市散户比例太高，有人认为，这是市场不太健康的体现之一，我觉得说得很对。

典型的散户心态，就如一位朋友的留言所说：

> 连叔，体制内工作，通过自己的原始资产加上合理、合适的资本市场的投资，慢慢实现财富进阶怎么样?

所有痴迷股市的小散户，这是他们共同的信条，相信这句话的人，基本可以判定，会增加很多烦恼。

即使散户有巴菲特那样的水平，每年都盈利20%，因为资金量很小，这20%对生活也没多大帮助，完成不了所谓的财富进阶。巴菲特虽然被股民视为偶像，但他本质上不是一个炒股者，他是可以用大量廉价资本收购优质企业的人。资本量像他一样大，或许可以复制他的成功，但没有一个小散户，能够复制他的成功，他只会增加小散户的幻觉，让他们更加痴迷股市，把生活毁得更彻底。

一个人天天盯着股市，每天都要耗掉几个小时，他不可能把本职工作做好，基本都采取应付、糊弄的态度。这样很难得到同事的尊重，机会也少。一个人无论选择了什么职业，没了责任心和进取心，颓废而消极，他的气场就让人不舒服。曹德旺的自传里，写到不少他尊重的官员，都是所谓吃体制饭的，但是为了拉他这个企业家去投资，为了当地的经济和就业，非常勤奋，非常投入，用自己的品行感动了企业家。抱着混的态度，达不到这个境界。

我们日常接触一个人，不太关心他的信仰、他的观念，但会通过他的工作态度与能力给他打分，因为这才与我们的利益相关。一个敬业的人，必然得到尊重，而一个混的人，令人厌烦。在任何一个领域，都将分出等级，混的人，总是要沉下去的。

人的观念与行为模式是一个整体，一个人无法在工作中赢得尊重，不在乎自己的同事与客户，他也不会在乎自己的家人。痴迷股市、奢望通过炒股达到财务自由的小散户，有几个把自己家庭照顾好了？他们往往也让家人将就，甚至克扣家用，只会用虚幻的发财梦想应付家人。

只有企业家，才可能变成富豪，才有机会财务自由。极少数人，通过继承家业实现财富骤增，这也得其先人是企业家。知道这个规律，对自己一生的财富等级有清晰的认知，就不会指望自己这个工薪阶层能通过炒股致富，更不会相信股评家会带领你致富，各种各样快速致富的骗局，对你也将失效。

由于能力或机遇的限制，大多数人的一生不可能很有钱，只是随着时代进步的大潮而上升，但一个人思维清晰，工作负责，照顾家庭，他就可以活得很幸福，家人和朋友都爱他，接触到他的人都能感受到他的热情，都会尊重他。坚守这些朴实的常识，才是普通人的人生进阶之道。

无背景者的最佳策略

经常听到一类抱怨：我开始工作努力，任劳任怨，结果晋升的机会到来时，还是有背景的人得到了，我于是消沉，甚至敷衍偷懒，人变得不开心。

这种事经常发生，不可否认的事实是，世界上，有些人有背景，有些人没有背景。有背景的人，在同等情况下，总是会得到更多一些。没有背景的人，占多数，所以对这种现象的厌恶也属正常，但是厌恶改变不了事实，这种厌恶无法释放，情绪的力量就会反弹到自己身上，于是消沉、偷懒、激愤都会发生，它会彻底让你变成另一个人。

人在比较中产生成就感，在任何行业里，往塔尖走，争取晋升机会，几乎像求偶欲望一样，永远不会消失。往上升了一级，对更高一级的渴望又产生了，就是成为世界第一，也无法放松，总想在第一占久一点。有这欲望，是活力的体现，没什么不好意思的，或许不方便说得太直白，但知道它是真实的人性与动力，也是必要的。不然，老是压抑它、否定它，知行背离，自己和自己过不去，心理容易出问题，就容易不快乐。

人每提升一个层级，仔细回想，都有一个“遇贵人”的时刻，最直接的，就是有人赏识你，给你机会。间接的，就是你清楚了某个道理，读到了一本重要的书，见识了一个高明的人，你像变形金刚一样，在某种触动下，由一部普通的汽车变成超级英雄。

一个人没有阅读力，没有理解力，那么，隐藏在人类智慧史上的贵人，放在他面前，他也理解不了。同样的道理，一个消沉的、偷懒的人，有机会接触真实的贵人，贵人也不可能赏识他。

所以，没有背景的人，最佳策略反而是保持积极的、努力的状态，这就是为自己建立背景的过程。有人说，我努力了没结果呢？累死累活，最后什么也捞不到，岂不是白忙一场？这种可能性还不小呢，毕竟机会是有限的，金字塔越高，上面可站的地方越少。

但是一个人努力，并不需要累死累活，能力比别人强一点，心态比别人好一点，就行了，甚至因为你早早努力，熟能生巧，举一反三，往往能够一下子抓住本质，工作越来越轻松，反而是那些很早就学会偷懒的人，后来连基本的工作都感到难如登天，痛苦得很。

一个人没有背景，就更不能没有本事，更要尊重工作和饭碗，否则，一点退路也没有，人生的风险会很大。

你是一个积极的、努力的人，即使永远都是普通人，你的气质也会影响家人，尤其是影响孩子，对于他们来说，你就是贵人。

无论有无背景，积极努力都是最佳策略。有背景，这对得起提携；无背景，这能创造机会。

工作的意义
——谈谈日本前高官杀死啃老的儿子

许多人已经意识到，有一份工作的重要性。

2019年，日本曾发生过一件悲剧性的新闻：日本农林水产省前事务次官，76岁的熊泽英昭，在家中杀死了44岁的儿子熊泽英一郎，然后报警自首。

熊泽英昭表示，儿子一直没有工作，且有闭门不出的倾向，对家人使用过暴力和骂粗话，还向父母叫嚣："擅自把我生下来就要担起照顾责任到死前最后一秒。"因为不想给其他人造成困扰，所以杀了他。

话说熊泽英一郎的叫嚣，也被不少中国年轻人用来谴责父母："凭什么擅自把我生下来？"虽然很多父母不成器，但这种谴责是没有道理的，你出生之前，没有自由意志，无法商量。生是自然事件，幸与不幸，都只能接受。你的父母不负责任，你的批评其实毫无意义，如果他们是接受批评的人，早就负责任了。

熊泽英昭杀子事件，倒是证明了工作的重要性，一个人长期不愿意工作，依赖他人供养，则证明其精神与人格不健全，如果出现暴力倾向，则供养人本身也会恐慌。

中国有一部分人（绝对数量不小），其富裕程度不输日本。有些父母宠爱孩子，再加上孩子从小享受了富裕的生活，对刚起步的工作，是轻视的，认为既辛苦，又只拿一点钱，自己家又不缺钱，何必去吃这个苦？起了这种心思的，可能就永远不会有工作了。家风如此，也守不住财富。一富就懒，是返贫的起点。

任何一个行业，刚起步的新人，与行业内前辈比，必然工资相对较低，工作又比较辛苦——你是新人，技能不熟，人情世故也不懂，被批评的地方多——这个辛苦关人人要过。它是刚性的，就像唐僧师徒取经，必须经过81难，少一难都不行。越早接受这点，磨难就早一点结束，因为你有学习的主动性，他人的教导与指引，工作中的困惑与瓶颈，都将迫使你升级。

而事事想轻松的人，不可能完成这个升级，前辈或老板指点几次，发现你在敷衍，就不会再浪费精力，一般就客客气气让你走人了，你就永远在第一难里打转，工作越来越难找，最后甚至找不到了。雇主一看，年纪一把了，基本技能都不过关，“我为何不招一个年轻人好好培养？我能找一张白纸画画，何必找一张废纸?”

这是人生的因果律：你越想偷懒，就越痛苦；你越愿意承担责任，反而越轻松。自由市场中的工作，总让人有危机感，雇员偷懒，会被雇主嫌弃，雇主偷懒，也会被雇员放弃。这种危机感是好事，它让所有人都承担起自己的责任。

有一种幼稚的、固执的而且危险的择业观认为，世界上有一种工作，又轻松又有保障，随随便便，享受生活。政府机关、事业单位被一些人划归为这种天堂。或许这类职业没那容易解雇人，但是以为躲进去就能不吃苦，那是幻觉。你偷懒，一样招人嫌弃，因为没那么容易开除你，可能嫌弃得更厉害。一个人活到这种程度，也没什么意思吧?

熊泽英昭作为成功人士，并非没钱养他儿子，毕竟都养到44岁了。钱不是问题，但是唯恐啃老又暴力的儿子给他人造成麻烦，这种恐惧感却让人难以承受。所以，不管你多有钱，都要支持孩子认真工作。如果你刚开始工作，薪水不高，那么要学会欣赏自己的努力，挣点钱让自己独立，最终让自己人格健康而强壮。

工作的意义，超越了金钱，工作是人格建设的必需品。理解了这点，在工作中，抱怨之心、怠惰之心，就会消失。

医生、律师和老师等智力劳动者，如何避免被他人剥削？

有位朋友在留言中提了这样一个问题：

> 我老婆是个医生。众所周知医生又忙又累。她很多患者及朋友经常在微信上咨询问题。但是医生也有自己的私人时间。有些人甚至留言说“在线等，急”。有些人咨询感觉理所应当。直接拒绝又显得不近人情。拒绝是不是也得讲究方式方法呢？或者用哪种方式拒绝既省事又省心呢？

不仅是医生，一切智力劳动者，老师、律师、文字工作者，都饱受此类事情困扰，感觉陷于两难：从了吧，这种事越来越多，自己被剥削；不从吧，在中国的人情社会里，显得不会做人，是不是会被大家孤立？

我是一个文字工作者，曾有一些好友提出代笔要求，帮他们写演讲稿、总结稿、发言稿，在他们看来，所有文章都一样，我都应该会写。我都懒得解释其中的不同，直接说：不行。

善于拒绝，我这个优点为我的人生争取到了许多时间与自由。我很感谢自己从年轻开始，就敢这么做，而不害怕拒绝别人后自己会被孤立，会没有机会。说实话，想这么多，就不可能成为一个善于拒绝的人。

写文章的，被打扰的次数还少。医生和律师，可能天天要被骚扰。我对这点有发言权，连太当了十多年律师，最近才慢慢淡出。

连太菩萨心肠，刚开始当律师时，亲戚、朋友或仅是相识的人几乎都把她当成免费的法律顾问。更糟糕的是，亲戚和朋友，又还有亲戚和朋友，所以会发生这种事，一个朋友兴高采烈地跑来告诉她："我朋友有个法律问题，我告诉他，我有朋友当律师！可以问她！"这些人还把免费剥削当成给面子呢。

看她苦不堪言，我真是气得跺脚。

有段时间，我经常和她交流拒绝的经验，大致如下：

1. 拒绝要明确，简单直接。不要暗示，有话直说效率最高。以为说话艺术是弯弯绕，其实是坏习惯。善于麻烦别人的人，就装着听不懂，你能怎么办?

2. 你讨厌的人、坏人，无论怎么缠，绝不要让他们剥削一次，以为让一步他们就再不会打扰是天真的。他们之所以坏，就是因为“得寸进尺”，有第一次就有第二次、无数次，要摆脱他们，最后总是要有明确的拒绝，到那时，他们不会有感谢，只会有无法继续剥削的怨恨。

3. 我们的时间精力、智慧见识，只给那些值得的人，而这些人，是绝不会剥削你的；而敢于剥削你的人，就是不值得的人，因为拒绝，这些人离开自己的生活圈子，是值得庆幸的事。

4. 人要有心硬的能力。坏人是会装可怜的。

人的天赋不同，我可能很容易学会拒绝，而连太需要很长时间。但无论是谁，都需要学会拒绝，否则，你就没有好日子过。若你是医生、律师这类智力劳动者，又不会拒绝，就会成为别人的奴隶，他们敢于没日没夜地“在线等，急”。

还有几个拒绝别人的技术，可以知道一下：

1. 做通家人的工作，很多麻烦是通过家人带来的。让家人明白，智力劳动不是随便说几句话的事，说这几句话的本事，要努力几十年，成本很高，都免费了，就得喝西北风。只要家人明白，自己就能轻松很多。如果家人的工作做不通，那也不要害怕拒绝家人。

2. 医生诊断病情，律师判断对错，看似免费说几句话，实则后患无穷。你下了判断，就得负责，几句话带来的是长期的免费后续服务，一个人的职业生涯，经不起这种折腾，可以大方地说："我了解你的情况不多，无法判断，建议专门花钱去找专业人士，花钱有更好的服务。"

3. 别怕这些人说你坏话，"败坏"你名声，他们往往以此威胁你。其实，你要欢迎他们这么做。"总是拒绝别人！不想帮人！冷酷无情！"你这种"坏名声"将替你挡掉那些剥削你的人。

一个人品德高尚，体现为他从不剥削别人，从不让人免费劳动。

一个人性格坚强，体现为他从不受人剥削，有胆量赶走那些剥削者。

赶走那些剥削者。

无法拒绝顾客是痛苦的商业模式，别被数字绑架

答应过这位朋友，回答其问题：

最近有一个疑惑，卖家应该有挑选客户的权利吗？1 000个粉丝里应当也有概率存在性格或者品行特别不好的，如果出现那种“要不是为了赚钱我才不会跟他多说一句话”，甚至“简直不想让他用我的产品”的人，应该克服自己的主观情绪继续跟他交易吗？同时，卖家一旦拒绝某个客户，对自身的口碑肯定也会有影响，传统观念里似乎不允许这样“店大欺客”的事情发生。但交易本身不应该是双方的选择，不应该是公平的吗？

一个理论很好，把它变成我们自己熟练操作的行为，也需

要一个过程，可能会有种种困惑，但解决困惑的过程，就是成长的过程。

在供给充分的市场经济时代，消费者更具强势地位，同样的商品，到处都是，为什么要跟你买？顾客是上帝，这句话就是这么来的，顾客掌握生杀大权，又喜怒无常，只有极用心服务好他们，你才能得到更多雨露。有1 000个忠诚的消费者，有1 000个上帝照顾你，生活自然不会差。

这1 000个消费者，有个前提，他们是优质的。忽视这个条件，你很快会破产。

劣质的消费者很容易得到，最极端的例子，每人一进门，你就发100块现金，商品免费拿，你一天之内就会有1 000个消费者，你也会在一天之内倒闭。那种无限补贴、花钱刷量的商业模式，本质上就是如此，很难长久支撑。它违背了市场的根基，买方卖方要双赢，生意才存在。

顾客是上帝，这句话不全面，完整的表述应该是这样：优质顾客是上帝，劣质顾客是撒旦，我们要让上帝满意，但却要拒绝撒旦。

有极少数人，是撒旦本质，你说什么他都要怼，解释清楚了也要无限纠缠，别人赚钱他极其痛苦，你倒贴他他又觉得有阴谋。倘若你不敢拒绝这类人，你的资源就将被他们消耗掉，以至于没有精力争取优质客户。你要伺候撒旦，你就无法伺候上帝，你只能二选一。

无法拒绝的商业模式，就像无法拒绝的恋爱一样，最后一定是痛苦的，得不到真爱。

你得到自己1 000个粉丝的过程，不是从0到1 000的直线增长，而是曲线，进进退退。今天得到10个，有1个你得拉黑；有时运气特别差，新增的10个全得拉黑；有时运气特别好，来了100个优质粉丝，他们讲道理、懂欣赏、有感情。

我自己经营公司也是这样的。记得很早以前，有人来联系商务合作，还托了朋友的关系，我觉得产品不错，他人也客气，就让他与公司的同事对接跟进具体事宜。他对我这同事，各种不耐烦、趾高气扬，可能仗着和我这个老板熟吧。我这同事跟我更熟，她是连太。我知道后马上中止了合作，连太还觉得会不会太草率了，我说不会，觉得一个人不真诚、品行我们看不上时，就得马上中止。我们的能量得给自己喜欢的合作者，中国那么大，十几亿人，我们喜欢的人，都合作不完，何必将就。

后来我还索性定了规矩，凡是公司员工在服务过程中受到侮辱谩骂，不能忍辱负重，一定得上报，我来拉黑。一个小公司，员工都是我自己挑的，个个出色，不能被劣质顾客欺负。

我们的努力，得给懂得欣赏的人。无原则的讨好，交不了朋友，得不到爱情，也做不好生意。

逻辑无敌

WO HE LIAN YUE YIQI CHENGZHANG 2

生活最后还是逻辑，
你指望违背逻辑的事情发生，
就只好耽误生活。

逻辑无敌

德国大数学家希尔伯特（D. Hibert）在老年时曾被人问过一个有趣的问题："假定您去世后一两年能复活，您会做什么呢？"

希尔伯特回答："我会先问黎曼猜想是否已经获得解决了？"他在1900年把黎曼猜想列为20世纪数学家所面对的一个重要难题。

与黎曼猜想相关的一则趣事是，英国著名的数学家哈代（G. H. Hardy）是个无神论者，有一年的夏天，哈代乘船渡北海回英国，那天浪涛汹涌，天气恶劣，船又逼仄，于是他在上船之前写了一张明信片寄给朋友，上面写着："我已经证明了黎曼猜想。哈代。"

这位数学家其实并未证明黎曼猜想。他这么做的推理过程是这样的：万一这船沉了，他被淹死，世人就会认为他真的解决了这个了不得的数学难题，他将倍享哀荣。但是上帝既然是他的敌人，则一定不会让他捡这个便宜，就算这船命该沉没，上帝也会改变主意。

最后哈代如愿平安回到英国。他写的明信片其实就是护身符。

我想哈代在这里是开了一个玩笑。你可以看得出来，他们连玩笑都相当具有逻辑性，这是数学家的特征，他们的证明必须在逻辑上没有毛病才能成立。

逻辑并不难，普通人稍花一点时间，就可以过关。以逻辑为工具，人的理性增长，也不容易被违背逻辑的判断或现象欺骗，纵使不能像大数学家那样享受思维的乐趣，生活的质量也会提高很多。

比如，一件事不能同时是A和非A。这句话挺好理解，一个水果不能同时是苹果和橘子，你的一只宠物不能同时是狗和猫，你不能同时既在中国又不在中国。

从我收到的邮件来看，许多人不行动，是因为不想做出选择，不想做选择的原因，是想好处均沾：与A男恋爱，享受不到B男的好处，我要同享A和B的好处；医疗很贵，可必须人人免费；工资要高，可不要干活；能拼命吃，可不想胖……这都违反了逻辑，一件事想要同时是A和非A，结果当然是什么也得不到。

很多人总是天真地以为生活不是逻辑，其实生活最后还是逻辑，你指望违背逻辑的事情发生，就只好耽误生活。

该不该用时光机？

科幻是我最喜欢的电影类型。我最爱的系列可能你没看过，是20世纪80年代的《回到未来》三部曲。

第一部讲的是，高中生马蒂借助科学怪人发明的时光机，回到了三十年前，阴差阳错地改变了父亲懦弱的性格，从而使全家人的生活变得幸福。

我经常重温这个系列。它没有如今科幻巨制的宏大场面、炫目特技，但是由于编剧巧妙，非常打动人心。

看得多了，我会问自己："如果车库也有一部时光机，我会不会开着它回到少年时代看看自己？在他沮丧的时候摸摸他的头，安慰他，说：'一切都会好起来的！'"

以前我会，为什么不呢，化身为温和的叔叔安慰自己，不是能让少年的自己更开心吗？现在不会，因为接受了每一个年龄段的自己。

我们之前说过年轻的价值，非黑即白的简单思维的人看完后，可能会得出这样的结论："你是说老年人没有价值吗？"当然不是，早些年，在鼓浪屿上经常看到日本的老年旅游团，人都很安静，衣着整洁入时，老先生的鞋子都一尘不染，老太太都精心化了妆，让人心生欢喜。我觉得，我们这代人老了，很多人也会这样，有礼貌、讲卫生、消费能力强，很有价值，大家都欢迎。

少年盼望快点长大，青年又觉得自己太穷，中年担心掉发与身体健康，老年开始无尽回忆青年时代。这是很多人的一生，永远不喜欢现在的自己，总觉得过去或者未来更好，一年要用坏一百多部时光机。

接受当下，喜欢当下，享受当下。这确实是智慧，也几乎人人会说，但在实际操作中，你发现未必如此，太多人抗拒当下的自己。厌恶自己，是心理生病的表现：你像戴了墨镜，看什么都暗一些。

当下很好，即使有时光机，我也不会飞来飞去不停涂改，我的人生再来一遍，我也不会改变历史——这才说明你现在充满了力量。

怀旧与展望，量太多，上了瘾，就会越来越虚弱，变成空气人，在空想中一次又一次坐上时光机，抗拒回到现实。所以残酷的真相是：时光机本质上是谋杀工具，杀掉了你的当下。

一个人改变是源于他想改变

我曾收到过一条这样的留言：

> 连叔好，第一次看您的文章是我媳妇给我推荐的《不计成本的理想是邪恶的》，当时很震撼。之前我是一个理想主义者，喜欢跟媳妇讲国际国内大事，谈自己的理想和规划，虽然已过而立之年，却还经常为工作生活上的挫折而沮丧，甚至在媳妇面前抱怨这抱怨那。我感觉自从她把您的文章推荐给了我，我不到一个月里成熟了十岁。感谢媳妇、感谢您，我会长期关注您的文章，也会将您推荐给我认为重要的人！

一个作者，自然为这反馈开心。也为他的媳妇、他的孩子感到开心，一个不再抱怨的、务实的、迅速成长的父亲，会改变整个家庭的气质。父母是孩子的模板，他们的一切，都将被孩子模仿。父母不成长，孩子很难成长。

类似这种突变，在很多人的成长过程中出现过，有过这种体验的，绝不会忘记。我也一直被先贤大哲改变，被我老婆改变——如果没有遇到她，无法学到她的长处，我会停留在低地。

一个人想改变时，他才会改变。他也发现身边有事有人在促使他改变。

一个人被强迫时，他将更固执，正如我无法强迫你看我的文章，你一定是自愿阅读这篇文章的。

实际上，我是谦虚的人，所以，我不认为你改变的功劳主要在我，我认为主要在你自己。不是我改变了你，而是恰好想改变的你，碰上了我说出你心里的话。

你像快没油的跑车，恰巧进了我这个加油站而已。你拒绝加油，那当然彻底熄火。你加满油，像豹一样跑了200公里，看到美景，最该感谢你自己是部好车。你是认同我这箱油的好车。

这种相遇，相当开心。我们一生都在寻找这种相遇，成为朋友，当合伙人，结为夫妻。我们因为这种相遇，变得更强大，一加一等于一万。

人的一生，最重要的目标是改变自己。写作、阅读，工作、生活，从出生到死亡，我们都在改变自己。在自己变好变强的过程中，肯定有人因你而改变，你的家人、朋友，还有读者。但多走一步，就成了邪恶，正如许多理想主义者认为的那样：只要我愿意，我就可以改变他人。

你不能。他人不想改变，你用力再多也没用。你越用力，别人越反感。当一个人嗅出他人想侵入自己，想改变自己，他往往是反感的。

所以很多理想主义者最后沦落为骂骂咧咧，抱怨全人类：人们实在愚蠢，不肯改变。这样的人生，是很可悲的。

不要想改变一个人，尤其是不要想去改变一个坏人。当你有强烈的改变他人的意愿时，你就陷入了无能的恐惧中，你需要他人的改变来证明自己。

换言之，最想改变他人的人，反而是最无能力改变自己的人。他的一切失败，都是社会的堕落，是他人不变好。他越悲惨，越能证明自己的美德。而且，仇恨、嫉妒、抱怨，这些引发和加重心理疾病的情绪，也能包装成“正义感”“理想主义者的孤傲”。

当你遇上不喜欢的人，扭头就走，彻底切割，是最正确的办法。

你不要正义感爆棚，试图碾压他；你也不要圣母心泛滥，试图感化他。这两种做法都是浪费时间的慢性自杀。

只要你没有改变他人的执念，一闻到不对劲的味道，你就走，一点时间也不浪费；你将以最快的速度和好人汇合，你的效率高，你的快乐程度也高。

多问问自己：我有什么可改变的？绝不要问：他人有什么可改变的？

人能不能改变自己？这是一个很大的问题，道理阐述一万字也未必够。

用例子来说明最合适。没人不知道抽烟是损害健康的。有烟瘾的人绝大多数下过戒烟的决心。有一次和三个朋友聊天，他们每日的耗烟量从两包到三包不等，其间他们数次不约而同地叹气："这烟，迟早是得戒的！"然后，深深地吸上一口，表示这是深思熟虑后的发言。

烟是最难戒的，年少时不幸染上烟瘾，我戒了数年才成功，深知其恐怖。若有人说，烟是不可能戒的，没人会同意，因为每个人都见过戒烟成功的例子。

戒烟就像人生寓言：你能改变自己，但是很难；你能轻易染上有害的习惯，但挣脱很难。

改变自己，不是一次事件，今天与昨天截然不同；改变自己，是一个过程，到死那天才终结。你总能发现自己能变得更美，更有力量，更从容。

我们得承认，人是软弱的，有缺陷的，容易犯错误。这意味着总有什么需要改变，若固执地以为自己是完人，那只能走向疯狂。

我们也得承认，人生还得由自己负责，得像戒烟一样戒掉“依赖瘾”：孩子不要依赖父母，父母不要依赖孩子；不要依赖他人的赞扬；不要依赖他人的软弱；不要依赖名牌证明自己；不要依赖铁饭碗；不要依赖老公，也不要依赖老婆；不要依赖他人的管教，不要依赖他人的施舍；不要依赖抢劫，也不要依赖苦情。

要依赖自己。

我收到过一条这样的留言：

连岳，刚开始读你的文章，我还在一个只有一张床、一个每天漏水的卫生间，隔壁凌晨三点发酒疯的环境中。四年啦，我也买了自己的小房子，有了储蓄，恋爱过，失恋过。虽然我是同性恋，但目前我公开的朋友里没有一个觉得我是怪异的。生活真的很美好。你的文章告诉我很多我平时忽略的做人准则。爱自己，爱别人，不勉强自己，不干涉别人。

很多文章后面的评论，都有类似的留言，我看了很有成就感。希望我的绝大多数读者，都能在努力之后由衷感叹："生活真的很美好。"

美好的门槛并不高，只要下决心只依赖自己，去工作，去恋爱，去拥有自己的独立空间（或买间房子，或租间房子），去维护自己的理念。你会发现，美就像你的身影，一直跟着你。

相反，你认为自己并不能掌控命运，只能乞求外在力量，或是父母，或是"稳定"的工作，或是有钱的老公或老婆，或是整形医生，或是彩票……那么，美好的门槛将变得非常高，你会发现，美就像你的昨天，不停地离开你。

人生这么短，世界这么美，体会不到，真的太可惜。

贩卖焦虑的人那么多，你更不要过分焦虑

为什么过分焦虑的人那么多？他们失眠、恐惧，担心糟糕的事情随时会发生。

而事实是，因为市场与技术进步，我们普遍活得比过去好，机会比过去多，更富裕、更长寿，与世界的联系更紧密，按理说，应该更放松、更乐观才对。

为什么却相反？

因为贩卖焦虑的人很多，某种程度上，这也是传播的策略，好消息总是平淡无奇的，幸福的家庭都是相似的，坏消息才够刺激，不幸的家庭各有各的不幸，生动鲜活。

传播不发达的时代，你听到的消息有限。传播发达的现在，你手机里有全球的坏消息，你总觉得天边的小概率事件就要发生在你身上。这不是传播发达的错，更不是要回到孤陋寡闻的过去，而是说，我们分析信息的方式要更新，不要那么容

易把外界的焦虑塞进自己的内心。

贩卖焦虑的核心技能并不稀奇，高明一点的推销员都掌握了：制造稀缺的感觉，让你觉得饥渴，最后让你接受他的产品、观念和方法。

焦虑是人有时间观、有未来感的体现，是一种正常的情绪，这促使你做长远规划。过分焦虑则是认为今天不上诺亚方舟，明天就要被大洪水冲走，有浓厚的末日感。

贩卖焦虑的人总是告诉你：你犯的错误再也无法修正了！你失去这次机会就再也没有机会了！孩子输在起跑线上就永远输下去了！房价上涨，你再也买不起房子了！房价下跌，你就要破产了！

以后再也没有机会了。这句话要成立，就得承认当下是世界发展的顶点，以后每一天都更差。你想想，这怎么可能？你明天比今天好一点，是大概率事件。如果世界真是从此只会更坏，你抓不住机会又有什么关系？反正世界变差了，船都沉了，你的行动也是多余的。

稍微回顾一下历史就知道，那些令人恐惧的坏预言并没有发生，人类的机会持续在增多，以后的机会将越来越多。这不是说你可以不努力，机会自然会掉在你头上，你还是要做好准备，才能更好地把握将来的机会。

人是通过错误学习的，错误包括没有抓住机会。分析清楚，提升认知，改变方法，下次就能抓住机会，这就是迭代与进阶。

你情绪失控时，打了一次孩子，他就会终生留下心理阴影，从此成为一个在创伤中不可复原的人吗？当然不是，你情绪稳定后，向孩子道个歉，认个错，他会复原的，你们的关系也可以修补。要理解清楚，我不是建议你打孩子，而是我知道在漫长的教育过程中，你不可能不犯错，一犯错就认为自己完蛋了，这就是过分焦虑，结果就是心理脆断，彻底放弃。不允许自己犯错误，那违背人性，也违背人的成长规律。

你我在成长中都受过委屈，甚至受过虐待的人也不少，我们都很顽强地长成了正常人，活得不比别人差。毫无疑问，我们都犯过错误，也错过一些机会，但我们做对的时候还是多的，也抓住了机会。要记住这种成长经验，它是普适的，是人就适用，包括你的孩子。

人是一系列行为的结果，不是一次行为的结果，只要不是杀人放火这种一次出局的错误，就总有机会。一次的对错，在一系列行为中，所起的作用往往是有限的，你对比错多，人生就在向好，积累了足够多的对，人生就变得卓越。

错误是我们生活的一部分，错误是正确的成本，错误发生时，不要太焦虑，放轻松，分析原因，不犯第二次就是了。

过于正派的人，到底有什么病？

强调个人优点的组织是最强大的，强调个人优点的教育最有激励能力，为什么呢？

因为优点显示的是一个人做了什么。一个人知道自己擅长什么，又被肯定，那优点就会持续放大。

从某种程度上说，一个人展示了优点，那往往也伴随着缺点：一个人美，可能就骄傲；一个人有才能，可能就脾气大；一个人富，炫富就难免。比如，家务都是妻子在做，勤劳是她的优点，可是，碗肯定都是她打碎的。如果强调缺点的话，就可以批评她的缺点是不爱惜财物。事实上，很多人也是这么做的，所以强调个人缺点的组织就变得非常虚弱（家庭也是组织的一种），为了不被批评，最好什么事也不做。

过于严厉的、忽视他人优点的、只想揪出他人缺点的人，往往是一个坏的教育者，也不会有什么朋友，更不懂得欣赏这个世界，连亲生孩子都会害怕他。

事实上，我认为这种人，心理上不太健康，属于迫害狂的范畴，找他人的缺点，只不过是将迫害正当化。滑稽的是，这种人往往还有“正义感很强”“眼里揉不得沙子”之类的美名。

揪别人缺点很容易，尤其是加上幻想。想到一个笑话：

古时，一和尚与一妇人共乘一渡船，和尚看了妇人一眼，妇人当即给他一耳光：淫贼！

和尚低头不看那妇人，妇人又给他一耳光：淫贼，现在心里肯定在想淫秽之事！

从这妇人身上，可以发现，当一个迫害者，是多么爽的事，毕竟指控别人很轻松。但要证明自己清白，却相当难，甚至不可能，一个和尚怎么证明自己心里没想淫秽之事？

看这个笑话的人，可能没有一个认为自己将成为那个不讲理的妇人。

并不是的。像这个妇人的人很多。把一个假想的罪名安给别人，让别人自证清白，是一种最常用的迫害手段。

比如有一次我写到天价饭局，潮水一般的、最常见的留言是这种：怎么花钱是富人的自由，但他得先证明自己的钱清白！

这些留言者以为自己很正义，但他们不知道，自己就是那个打和尚耳光的妇人。

自证清白的逻辑，可以用在任何一个人身上，包括穷人。我们知道，抢劫是犯罪，抢了再少的钱，包括没抢到钱，都是暴力犯罪。我对你说，你要怎么生活是你的自由，但你要先证明自己没有抢劫。你愿意接受吗？你接受了怎么证明？你无法证明，你要证明的话，你必须有证据证明生命中的每一分钟都是清白的，技术上不可能，成本你也支付不起。

你肯定不愿遇见这种迫害狂，但是，你当起迫害狂，为什么这么自如？

那是因为你不愿意接受别人过得比你好。大脑要把这情绪正当化，怎么办呢？像下面这么想就舒服了：

1. 我这么正派，然而并不成功，一定是世界不正常。

2. 在不正常的世界里，他们这么成功，一定是不正派。

这种想法就是吸毒，过瘾，但是对精神不太好。你等于断绝了向一切更优秀的人学习的机会，你不承认他人的优秀，也就无法学习。

一个人过于正派，往往是无能的体现。我什么都看不惯，所以我什么都不屑做。其实，你是什么都不会做。什么都不做，就什么错都不会犯。

一个会欣赏他人优点的人，一个绝不让人自证清白的人，才有可能变得强大，就像卡内基的墓志铭：

这里的长眠者，

他知道如何在其事业中

起用比自己更好的人。

人生就是我们的事业，这一生最重要的技能，莫过于看到那些更好者的优点，让这些优点成为自己的助力。

无法行动？那是受了完美诅咒

太聪明的人容易犯的错误就是，他们要想清楚一切再行动。或者说，他们以为自己能够看透未来，设计出完美的计划。

最后的结果就是，他们永远不会行动，因为不存在完美计划这回事，永远也得不到。这就是所谓的完美诅咒。

比如我今天写这篇文章，如果我要想清楚每一个字再动笔，那我消耗完今天所有的时间也无法想清楚，“今天写一篇文章”这行动就实现不了。正确的做法是，有个模糊的想法后，写下文章的第一句话，它会带出第二句话，然后形成一篇文章。这就像大雾天出行，你只能看清楚前面几米，前进的办法是不停往前走几米，而不是强行要求自己看清楚前面几百米。

未来，是一团永远不会消散的浓雾。只有行动才能解决问题，更好的未来是行动派折腾出来的，他们会犯很多错误，但总是能偶然做对某件事，然后所有人开始模仿，豁然开朗。这就像是进化，在盲目的、无计划的行动中，有一个更高效、更优美的行动出现了，新方向就出现了。

当你不知道做什么时，就别想太多，先做一件事再说。这听起来有些无奈，甚至有些无赖，但却最管用。你做一件事，要么对，要么错。对了，就不停滚动放大；错了，修正错误，最后也能对。有多少改变世界的大企业，创始人起步的初衷不过是解决自己的温饱，满足自己小小的兴趣，对跟随自己的合伙人有个交代，这些企业在行动中不停解决问题，逐渐发展起来。未来的大企业，许多也离不开这种路径。就像骑自行车，随时有失去平衡倒下的风险，但只要保持一定的速度前进，它就不会倒。

只想不做的人，是眼睛往后看的完美主义者。

他们最爱的思维方式有两种：一种是“早知道……就好了”，历史已经把所有的事情都确定了，看起来一清二楚，似乎任何一个人回到一年前、五年前、十年前，他都能做最合理的事情。其实，十年后的人看今天，可能也会惊叹存在着不少大的机会，只不过，现在的我们，看不清楚这些机会，它还小如种子。

更麻烦的是第二种，他们很挑剔，挑剔自己也挑剔别人，英雄的伤疤不漂亮都会被嫌弃，他们厌恶一切行动者，因为一切行动都是不完美的，都有缺陷。他们的孩子、朋友，他们看见的所有人，最好都待着不动。

这种人多了，世界就没意思，不好玩了。行动派，根本不要理会这些人的意见，能拉黑赶紧拉黑，他们不仅理解不了行动，而且根本就是行动的敌人。

快从普洛克路斯忒斯之床上起来

原生家庭，这个名词，对心理学有点兴趣的人，都知道。用它分析自己，是他们都能掌握的工具。

每个人都有一点心理疾病，没有绝对健康的人，这个判断是真的。学会分析自己的心理，也有利于知道自己什么是错的，什么是对的，避免身处错误而不自知。

从留言来看，几乎每一天都有人抱怨原生家庭给自己带来的伤害。他们的描述基本是对的：

自我否定得厉害的人，小时候受到过多的攻击与嘲讽，把否定自己内化了；

胆小懦弱的人，那是他的缺陷被过度夸大，是世界的恶被无限放大；

暴躁的人，他的父母一般暴躁；

极度贪婪的人，他没有被满足过；

待人苛刻者，曾被苛刻对待；

虚荣者、自夸癖，是无人教育他们必须缓慢建立信用；

无法信任他人，是最值得信任的人背叛了他。

成年的毛病，总在童年里有影子。虽然不是一因一果，但知道它们存在因果关系，至少是认知上的进步，没什么不好的。可是停留在这一步，意思也不太，这就像你看医生，知道自己的病因，你却拒绝吃药，不想治病，只是满足于知道自己是个病人，随时抱怨自己的病情。

在希腊神话中，你在旅途中，可以在普洛克路斯忒斯之床上过夜。你的身体比床长，超过床边的部分将会被砍掉；你的身体比床短，将会被拉长到与床等齐。可以想见，除非你刚好与床一样长，否则，你得到一张床，睡眠却更糟糕了。

一个人，如果只会机械地、被动地使用某个心理学理论和名词，将自己塞进那个框里，凡事抱怨原生家庭，那等于躺在普洛克路斯忒斯之床上，被斩断，或被拉长，你得到的只是无穷无尽的痛苦，这又让你觉得这床发现了你痛苦的根源，更想赖在上面不起来。

一个人会使用“原生家庭”这个分析工具，说明两点：第一，你年纪足够大了；第二，你的认知能力足够强了。符合这两个条件的人，可视为能够对自己负责，成长的任务在你自己身上。知道生病了，接下来要做的就是治病，然后比原来更健康，这才是合乎逻辑的举动。

你觉得原生家庭、你的父母、你的家人都在扯你的后腿，除了感觉到痛苦，还证明一件事，现在你走在最前面，你是一个引领者了。

你还爱他们，那就得引领他们往前走，你要有力量，有成就，让他们看到你的新路更好走，让他们模仿，让他们跟上，你已经知道他们的病因，你能够当好他们的治疗师。

如果他们确实不值得你爱，那么，抱怨就更无意义了，最本能的情感联系都能斩断，你这么大能力，足够提升自己。

一个理论，让你软弱，让你抱怨哭泣，要么是这理论错了，要么是你的行为错了。

对于那些抱怨原生家庭的人，我有两点要说：

1. 恭喜你找到病因。

2. 你已不是小孩，未来能长成什么样，从此责任在你自己身上。从普洛克路斯忒斯之床上起来，你才能拥有真实、健康的自己。

你一定听说过这句话：30岁以后的长相靠自己。

你一定见过，或者你本身就是越长越顺眼的人。

你也一定见过慢慢凋谢的人，原本聪明漂亮，最终泯然众人，甚至达不到平均水准。

这说明人还是得靠自己。30岁以前可以找各种原因怪别人，怪世界；30岁以后，活得怎么样，只能在自己身上找原因了。

我觉得，真正的聪明人，20岁以后，就知道在自己身上找原因了。

当你总有外物可责怪时，你脱离不了受害者情节，你需要大量的同情、怜悯，你脑子里不停回放受到的伤害，这意味着受害还在继续。

现在心理学很流行，有些观念也很普及，比如原生家庭，这是好事，能够帮人们搞清楚一些不幸的因果关系。比如你原生家庭有问题，小时候受虐待，你更可能成为一个虐待者，对自己、对他人不友好，甚至也会虐待自己的家人。你不知道原因，就会成为原生伤害的奴隶，让它操控你一生，你知道原因，心理疾病就好了一大半，可以慢慢治愈。

但也要避免心理学成为一个大坑：反正你现在的不如意，都能在童年找到阴影。我认为有句判断很重要：任何人在童年都受过伤害。这说明什么？说明所谓的伤害，所谓的原生，能够成为任何一个人的借口，你可以躺在不幸上一直舔伤口，就是不愈合。

没有完美的童年，没有完美的家庭，没有完美的人性，也没有完美的世界。

接受不完美，是一个人真正心理健康的标志。

事事顺心，并没有这样的人生：你想买房，户头多了一个亿，你想恋爱；校花就向你求爱。真实的人生是，每一件大事都不太容易：想买房，得筹首付；想恋爱，总被姑娘拒绝。但是最后，你还是得把这些事情做成。

刻意给孩子制造一个特别干净的环境，反而不利于他的身体健康，他的抵抗力将很差。

人的生命力体现在什么地方?

体现在抵抗力，体现在愈合能力，体现在有能力战胜各种不利条件。

你现在不开心，你分析原因，因为父母不细心，因为老师伤过你自尊，因为学校有霸凌。很好，分析能力强，感谢心理学。这种分析很正确，但不要让它变成正确的废话，类似于“我为什么很穷？因为我的爸爸不是马云”。一个人这样分析自己的财务状况，就会成为笑料。

你已经有分析能力了，你甚至能挖原生家庭的根了，这说明你是有思维能力的大人，未来可以由你自己塑造。赶快愈合吧。

乞丐，尤其是假乞丐，会刻意展示或真或假的伤口，以博取他人同情。乞丐最喜欢伤口，乞丐最害怕愈合。

战士、拳击手、运动健将、芭蕾舞者，他们都会受伤，在他们身上，可以看到疤痕。疤痕并不美，没人想要疤痕，但这些不得已的疤痕，却让人感到力量与意志之美。你知道，那些受过的伤，并没有挡住他们。

你受过伤害？或许这让你一生都难受。你渴望很多的关心？抱歉，没有。人人都受过伤，人人都有自己的事情要做，你要感谢这种冷漠，它告诉你，无论怎么样，人生是你自己的事。在受伤中长大，就是成长。

学会夸奖自己

曾经有个走红的演员，被人发现论文抄袭，学术不端，最终自毁前程。在我看来，演员这个职业，最不需要这种学历虚荣，会不会演戏，一眼就看得出来，就是大字不识，会演也行。其实多数职业也是这样，一出手，别人就知道你的水准，虚张声势地骗人，作用极其有限，时间一长，它甚至只有反效果。你水平低，它会衬得你更可笑；你水平高，作假让你终生有个雷，炸了别人也就不信你的水平。

这个道理很简单，但永远有些人会犯这种错误。他们并不是不知道这个道理，而是有一种心理疾病，过于自卑。表现方式多种多样，搞个华而不实的文凭只是其中一种。在现实中，我们遇上的大量浮夸和虚荣，都是由自卑引起的病态。他们活在别人的标准里，总是以为，吹得越多别人就会越尊重他们。稍微有点理智的人，都知道这是错误的策略，用力越狠，笑话越大。熟悉你的人，谁不知道你几斤几两？而一个人想和你合作，必然要熟悉你，也就是说，被你虚荣的骗术吸引来的人，最终会知道你的底细。

所以，诚实是最好的人生策略，有信用的人走得远，这是自然规律。往大里说，永远不要担心人类会变坏，人类一定趋向于更好。往小里说，不要被身边那些暂时得利的浮夸者、虚荣者、造假者迷惑，实在一点做事，真正创造价值，最后胜出的，一定是你。

人更应该防止的，是自卑心理更曲折、更隐性的表现，也就是过分谦虚、过分恐惧，永远战战兢兢、小心翼翼，以至于无法体验人生的美好。坏事发生了，他说，果然！好事发生了，他说，明天说不定就坏了！恐惧笼罩他的心灵。贩卖焦虑的文章之所以能够长期流行，就在于利用了这点。这种恐惧，表面上看起来还像是美德，不像浮夸虚荣，一眼看得出是恶行，所以改起来更难。在这种心态中沉浸过久，一个人就会觉得自己配不上好东西，一听到别人赞扬就会习惯性地贬低自己几句。他的进步与成就，是爬山一样实在地升高，他却总以为自己腾在半空，要不停下蹲，好让自己看起来矮一点。这其实也违反诚实原则，会把自己骗得很惨。

放轻松。

有些风险我们必然接受，担心也没用。地球明天就毁灭，可能性很小，但不是没有，谁知道宇宙会发生什么事，这风险我们能不接受吗？担心它干吗？人生也一样，你担心失业，担心健康，担心将来的现金流，它们确实有可能出问题，但你更尽职、更出色、更自律，问题发生的可能性就小，万一真发生了，再说呗。坏事没发生，你天天吓自己，焦虑加重、自卑加重是必然的结果。

学会夸奖自己。

有些人，总觉得自己出身不好，学历不高，不够聪明，不够漂亮，真成功了，也不接受自己，眼里看到的，都是自己不如别人的地方。这样的人生永无宁日，因为任何人都有不如别人的地方。你嫌你妈老拿你和别人比，挑剔你，你自己挑剔起自己，更狠。换个角度，换个思维，你的朋友、你的同事、你的合作者，都很强大，那不证明你有本事和他们开心地玩吗？你今天过得好，好到出乎你意料，那不证明你能力增长得比想象的更快吗？

Don’t worry, be happy.（别担心，高兴点。）担心过多是病，是反向虚荣，类似于文凭造假。

自信是命运的命令，必须遵守

> 下周就签订购房合同了，非常开心。一年多前结束糟糕的婚姻，连一件衣服都没拿，背个包就走，租住青年旅社，还背了外债，可以说是一无所有。现在还清外债，也凑够首付买自己的窝（虽然又有新债但还是开心），感谢这么努力的自己，感谢连岳叔一直陪伴。下周以及以后都会越努力越美好。

这是我很喜欢的一条留言，我更开心的是，每天都有这样的留言。他们都经历了人生最重要的时刻：变得比自己预料的还要好。这就像一个人突然意识到了自己的力量，在将来，这个时刻将反复再现，在逆境时，更坚韧，在顺境时，更舒展。这是一个从底色上变自信、变乐观的关键时刻。

什么是好的爱情？一个最核心的标准就是，你在这爱情中变得更好，变得更自信，变得更乐观。

推而广之，什么是好的感情？一个最核心的标准就是，你在这感情中变得更好，变得更自信，变得更乐观。

有些坏的爱情，人在其中受到侮辱，被剥夺了能力，只有苦头，在外人看来，身处其中的人就像囚犯一样，逃离才是唯一的选择。而当事人却对这种关系极为依赖，似乎没人欺负他的世界会更可怕。这就是因为他的自信已经被彻底摧毁，他不再相信有更好的感情，也不再相信有更好的自己。

最开始的不自信，可能来自外部的灌输，你有长期否定你的父母或配偶，最后，它变成你内心的机制，任何事情，你都觉得自己不行。表面上看来，这不致命，你似乎还有谦虚的感觉，但实际上，一切机会都将离你而去，你自己都不相信自己，别人怎么信任你？

不自信是一种选择，也是一种逃避机制：我都说了自己不行，不要对我抱更高的期望，我输了是理所当然的。父母制造一个这样柔弱的孩子，或者一个人将伴侣贬得这么低劣，只能说，是控制欲过强的表现：对方不自信，所以必须依赖自己，再也离不开自己。

当你意识到自己不自信、总是悲观绝望时，第一件要做的事，就是相信自己能脱离这种状态，这就是建立自信的开始。人的意识总是在行动之前，所以，“等我干成了一件大事，我再开始自信”，这是不可能的。没有自信的人，多大的幸运发生在他身上，他的反应也是：这好事终将离我而去，那时我就太可怜、太可笑了！

自信的人，总是在自己一无所有的时候，就先有了自信。就像留言的这位姑娘一样，一件衣服也没拿，离开了糟糕的婚姻，她相信自己能活得更好，于是真就好到出乎她的意料。这听起来很玄妙，但这就是人生规律：你想变好时，所有好的力量都会被唤醒。不相信这点，人生几乎不可能做重大选择。所谓的重大选择，就是有未知，有风险，甚至不被多数人理解。一个人不自信，一个悲观主义者，在想象中，未知与风险就已经无限放大，将他的精神压垮了。

自信的建立，并不需要完成什么伟大事业，而是承担起自己独立的责任，相信自己能够照顾好自己，能够把事情做好，得到尊重，别人有的，相信自己也都能有。起点这么小，一年后，你完成的事可能就很大。

你才是你自己最大的资源，远离让你不自信的环境、感情、朋友和观念，你不自信，就相当于慢性自杀。人必须自信，这不是可有可无的任务，这是命运的命令，这是自然规律，违背它，就会受到惩罚。

自信为什么重要？这就像问健康为什么重要一样，无他，没有必然不舒服，必然难受。

不少人会通过饮食、锻炼及医疗维护自己的健康，可是却没有花同样的力量去建立并维护自信，反而听任自信流失。

能够被他人信任，这叫作信用，这是一个人的立身之本，一个人信用多，相当于无形资产多。你有眼光发现信用多的人，并有勇气信任他，这能建立高效的分工合作网络。市场经济是围绕着这点建立的，如果商人都是奸诈之人，商业是无法运转的。我们怀疑一切，我们就寸步难行：早餐店主可能下毒，理发师可能割喉，任何一件商品都可能是假的。

约翰·D. 洛克菲勒说："我能在生活中取得成功，主要归功于我对别人的信任和我激发他们信任我的能力。"我们也要培养这种能力，你能信任的人越多，越多的人能够信任你，你的成功就越大。无人可以信任，无人信任你，你能活着就不错了。

而一切信任的基础是什么？信任从哪里出发，又回归何处？就是你，是你这具血肉之躯。这就意味着，你必须信任自己，否则，其他人信任你就毫无逻辑可言。一个没有自信的人，无法建立自己的信用。

自大、自我吹嘘，并不是自信，这是不自信的狂躁式体现，正因为不相信真实的自己，才需要吹牛。这种错误是显性的，病态的辨识度很高，反而不可怕。如果接触一个陌生人，他满嘴跑火车，擅长画饼，我反而会感谢他犯这么低级的错误，为我节省认识他的时间。

多数人犯的错误是隐性的不自信，辨识度不高，隐藏得很深，这才可怕，它可能跟随你一辈子，天天侵蚀你的自信，而你一无所知，任其发展。

这类不自信是过分谦虚，过分爱听意见，经常性处于摇摆状态。

有位读者提了一个这样的问题：

> 连老师，一直关注你，刚给上大二的女儿交了首付，买了郊区一套房，房贷每月七千元，坐标是石家庄。想听听连老师的看法。

这类问题常见，很多人无法做重大决定，买房、买车，所有参数、所有变量他都要仔细考虑，半年一年下不了决心，等下了决心，事情又全变了，又得重新考虑，就这样考虑了大半生。好不容易行动了，又怕自己买亏了，仍然要不停地询问意见，他当然不是为了得到反对意见，而是要人人赞同他，帮他提升自信。但不可能人人赞同你，总有一部分人认为你的决定是错的，然后你就陷入犹豫与挣扎，开着刚买的车，住着刚买的房子，内心却是痛苦的，不停地懊悔。有这种心态并不是因为你的决定做错了，而是因为你做任何决定都会痛苦，你完全不信任自己，即使你花一年时间做了决定，也会因为别人几秒钟的评论而否定自己。

没有自信的人生就是这么痛苦。最后你会退回到不做任何决定的状态，当然，那样也痛苦，不做决定也是一种决定。

无论是职业选择，还是投资，这些重大决定做完以后，就要关闭意见通道，不再询问，给自己几年时间。如果事情进展得不太好，证明自己错了，承认它，并修正它，犯错是学习的成本；如果事情进展顺利，就学会享受它。

我们做的决定，能够改善自己的处境就很不错了。在享受的过程中，你的经验增加，你的欲望也增加，它们将引领你的下一个决定，在这过程中，你做决定的效率更高，你的自信也在增长。

阅读为什么是最聪明的选择？

我见过的聪明人，没有不爱阅读的——这是芒格的名言。之所以能成为名言，在于其深刻描述了事实。

当然，这句话未必100%适用，我见过的聪明人，有的不爱阅读，有的还是文盲。他们有自己的学习方法，从聊天、观察、模仿及行动中，不停更新自己。我见过的不少笨蛋，是爱阅读的，一辈子手里都抓着一本书，能力却越来越弱，胆子越来越小，最后连养活自己都做不到，这和毒品上瘾、失去人生没有太多区别，只是书便宜，阅读行为不会被禁止，而且看起来高大上，总是受到鼓励。

所以，聪明人爱阅读，阅读使人聪明，这事容易，这事也难。

阅读容易，是因为人天生就是学习机器，每天只需要一点点热量，就能驱动量子计算机都难以企及的大脑，通过十来年的训练，学习能力建立后，这台超级计算机甚至能够工作100年。如果真有造物主，每个人可能就是他生产线上的一台计算机。我们会维护自己，会更新自己的系统。活着，是维护自己。阅读，是更新系统的最佳方式。一个大师一生的见解，或者许多大师解决一个难题的努力，都凝结在一本书里，读完了，理解了，运用了，等于他们为你服务，你付的代价，就是一本书的钱，有些书甚至是免费的。

人不爱阅读，这本身就是极不聪明的选择：一是放弃天然的优势，等同于为了活着而活着的低等动物；二是有更高效的工具而不使用，这就是笨蛋。

有人说自己不会阅读，没有时间阅读，这都是借口。你一起床，读两页书，睡前，读两页书，这都不难，也花不了多少时间，一年就是1 400多页，300来页厚的书，你至少读了4本，或者一本300来页厚的重要书籍，你反复读了4遍，这已经是不错的成绩，赢了95%的中国人。

对于一个成年人来说，只要会吃饭，就会阅读；只要有时间吃饭，就有时间阅读。

阅读要让自己更聪明。这是比较难的挑战，越读越笨，那是暴殄天物，浪费了人生浪费了书。

阅读不是高人一等的炫耀，不是为了小瞧他人，不是要变成与世界和他人格格不入的“杠精”。阅读是为了让你和他人变得更好。会阅读的人，生活与气质日愈美好，不会像一只落败的斗鸡。

阅读有明确的聪明目标，也必须达到：技能提升，境遇提升，解决问题的能力更强，获得更好的生活，得到更多的尊重。否则，阅读就很容易沦为对现实和挑战的逃避，阅读越多越沉沦。

聪明的阅读，以解决问题为驱动，有很强的目的性与系统性。这是德鲁克阅读法，以年为单位，专攻一位重要作者的书，或专攻某一专业的书，不怕厚书和难书，迫使自己成为专家。多数人阅读，与此相反，半途而废，随波逐流。每逢世界阅读日，头脑一热，听听忽悠，买几本热门书往家里一堆，完成任务了，下一次关心阅读，是一年以后了。如果你是这样的，我宁愿你不凑这个热闹，不浪费钱，也不欺骗自己，至少有诚实面对自己的优点，这个品质也没多少人有。

对于聪明人来说，天天都是阅读日。这才是阅读的正确方式。

人可以不掌握阅读技能，尽管这样的后果可能是无力与贫穷。但现代社会，已经对无力和贫穷特别宽容，我们进入了物质极大丰富的时代，很少的钱可以买很多东西，并不像在物质匮乏的时代，无力与贫穷的惩罚可能是死亡。

如果不想停留在无力与贫穷的阶段，想过得好一点，那么，阅读技能就必须掌握。

好的行为是这样的：系统获取信息，形成自己的观念与决策，最后变成行动；行动需要更多系统信息，再次修正观念与决策，进行下一步的行动。就像引擎一样驱动人生。

系统获得信息是关键的第一步。阅读就是系统获取信息的最好手段，甚至是唯一手段。一本书之所以有300页、500页，就是因为一个信息的完整论证需要这么大的系统。你想要理解它，得到它，最终能够运用它，就需要啃完这么多页。

这个世界有种种迷雾，阅读技能就是GPS（全球定位系统），没有，一定迷路。

阅读并不难，只要经过训练，人人可以掌握。它类似于长跑，人人有潜力一口气跑1万米，经过半年训练就做得到；但世上的大多数人，终生没有能力跑1万米。他们可能也想跑，也知道跑的好处，但从不训练，或者训练的强度不够，得不到这项技能，强迫他们跑1万米，有生命危险。

阅读训练的原则有这些：

1. 他人无法替代你阅读。内容摘要、专家解读，再精彩，对你来说，都只有索引作用。阅读像吃饭，一定得自己完成。你不吃饭，只看《舌尖上的中国》，照样饿死。

2. 太容易的阅读不是阅读。一天看1 000条社会新闻，一生看了1 000本代入感很强的廉价言情小说，那都不是阅读，那只是不停地满足即时需要，刺激大脑对当下的快感上瘾，是一种智力自残。

3. 要读难一点的书。它需要你时不时停下来想一想它的推理，它让你30分钟后就疲惫，它让你想放弃。它如长跑过程中的心肺压力，一直在，直到你完成。那些你明知道好，却只读了三分之一、只读了几十页就放弃的书，就是难一点的书。

4. 阅读不要拘泥于形式。纸书、手机、Kindle等，都有利于你阅读，形式多样，你就离阅读更近。媒体多，会让你分心，但阅读关过了，这些却有利于你阅读，阅读更方便了。爱阅读的人不会攻击技术，更不会责怪技术。

5. 书不值钱。我常买一堆书，当然，其中会有烂书，我判断出的烂书，就随手扔进垃圾桶。那些我喜欢的好书，最后可能被折磨得破破烂烂，上面是茶渍、酒渍，粗暴的涂画，它们不幸遗失了，我也不会心疼，再买一本就是了。书几乎是世上最不值钱的商品，一个人毕生功力，就卖你几块几十块。不要在买书上省钱，除非你揭不开锅。

6. 少即是多。这有两层含义：一是积少可以成多，一天读10页书，非常少，一年是3 600页，就算偷懒60天，也有3 000页。300页一本的书，你读了10本，或读了10遍，赢了99%的中国人。读书苦吗？竞争激烈吗？一点也看不出来。二是好书要精读，不怕读得慢，就像核弹并不追求数量，打卡了100本书的人，未必比研读了10本书的人更聪明。只追求数量，那就走了邪路。

7. 做笔记。你喜欢的，你的想法，你的观点，随手写下来。在数字时代，纸和笔，两个上了年纪的老朋友，仍然是思维的好帮手。

在人类还没有发明芯片植入大脑，或吃药诱发大脑化学反应的新学习方法之前，阅读仍然是古典的、笨重的、最高效的学习方法，一个人想变得更聪明、更有力、更富裕，没有阅读技能，都是巨大的弱点。

就从最基本的阅读技能入手吧：打开一本书，从第一页读到最后一页。

活着是为了说服自己，不是为了说服别人

一位读者朋友来诉苦，他是一位自我雇佣者，或说，自由职业者，富人往往是这种状态，他就是一个富人。

他的苦恼是，他的老父亲，为他的生存无限担忧，认为他没有一个稳定的单位，人生将来可能很凄惨。他给老父亲算账："我收入或有起伏，有时候还亏本，但是平均下来，我一年的收入超过你在单位一辈子拿的钱，你有什么不放心的？"但老父亲就是不认这个简单的算术答案，而他，还是一个数学老师！

用逻辑，用事实，都说服不了一个人，怎么办？

同样这个问题，十多年前，我可能会和这位读者讨论出一个更高明的说服策略，会接受轻微的冲突。那时候，我还认同知识分子有所谓的启蒙任务，见到脑袋糊涂的人，当然有所谓的启蒙义务。在那个时间段，我花大量的时间和人争论、争

吵，急迫地渴望世界按照我自己的想法运转。

后来，我的想法改变了。我仍然在写文章，仍然在发表观点，甚至写得比原来还多。但我认为所谓的启蒙不过是自大而已，知识分子阶层普遍没有比别的阶层活得更好，常识也没有更多，剥去层层术语包装的观念，很多还是有害的、无力的、违背常识的，独立生存能力都没有，启蒙什么呢?

放下这个虚荣的担子后，人得到了平静，我阅读写作，但我不认为自己是什么知识分子，我也没什么拯救任务，我要面对的，只是我自己。阅读写作，不过是自己擅长的工作，凭这种喜欢的事安身立命而已。你不欠别人一个道理，别人也不欠你一个心悦诚服。

更重要的是，随着对人性的理解，我知道人不是机器，并非输入数据与逻辑，就必然得出一个合理的结果。在逻辑与事实之外，是主观的喜好，是无法言说的气场。有人什么也不做，站在你面前，你就一见钟情，知道他是好恋人、好朋友。有人什么错事也没做，观念甚至都与你一样，但你却不想和他当朋友，多聊几句就尴尬，宁愿永远不要见面。这些微妙的因素，反而是交流的重要条件。

人与人走到一起，不是因为被说服，而是因为彼此吸引。古圣先贤，他们都死了，无法为自己的文字增减一个字，无法辩论，但你们还可以当朋友，那是你内心和他们心意相通的因素发挥了作用，你拥抱了他们。

关于这个问题，有一位朋友这样留言：

为什么不告诉他，因为你靠写作养活自己，所以可以说自己在专职写作呢？也给他的世界带去一点新东西啊。总是看到有的人说不需要解释，可是我觉得不解释这是多么不在乎对方啊，连叔能说说这个话题吗？

我这样回答这位朋友：

不同的认知体系。没必要事事说服别人。

如果我们活着是为了说服别人，那么，无法被说服的人就会霸占你的生命。这就像你明明讨厌一个人，每一个毛孔都拒绝他，你却强迫自己给他更多时间，这么违背人性，只会带来痛苦。他人有不被说服的权利，他人有过错误生活的权利，他人有让你讨厌的权利，只要他没有伤害别人。

我们活着是为了说服自己，你爱的理念，在你爱的自己身上实践。在这过程中，吸引彼此相爱的人，在这基础上的交流与辩论，更值得追求。

回到文章开头那位读者的问题，我现在的答案是，你过你的自由生活，并努力过得更好，也不必过多在意父亲对你的担忧，就让他处于一种不被说服的状态吧。工资卡上每月固定收到一笔钱，这对于他来说，等于固定的礼拜，就让他拜吧。一个科学家儿子，如果砸烂老母亲供奉的观音菩萨，再说一堆绝对正确的科普知识，他是不是很牛？不是，他证明自己很傻。

自己的人生按自己的意愿进行。做到这点就足够了。

拎得清才幸福

WO HE LIAN YUE YIQI CHENGZHANG 2

爱情属于知识范畴，
可以用知识工具
让爱情更能把握，
让喜欢爱的人更能得到爱。

95% 爱

我的立足点，也是我坚信的，爱情是属于知识范畴的，也就是说，人类的理性可以研究爱情，可以相信爱情，也可以用知识工具让爱情更能把握，让喜欢爱的人更能得到爱。

让我举个小例子来说，在吵架中，有句话男人是不能说的："你结婚时就知道我是这样的人！"（当然，我建议女人也不要说这句话）——这种表态逻辑上绝对没错，尊重历史，让事实说话。但是心理学家发现这句话的潜在暗示很可怕，那就是："我们的生活就是这样啦！没什么新的可能、新的空间了，你就死心了吧。"

而两个相爱的人，他们最主要的诱惑却是"我们将有无限的可能"，爱和人生一样，没有希望在前面，窒息感就将涌上来。两个人在一起，尽力让对方更开心，尝试改变自己（哪怕多记几个冷笑话也好），这是爱的基本戒律之一。"我就是这个德性！”你看了这篇文章，以后不说这句话了，就是用知识改良爱情。

知识没有绝对。能绝对的只有教条。知识是一个开放的系统。简单来说，相信知识的人，你生活在95%当中。

如果某项统计正负误差在5%以内，结论就视为可信。这是一个非常重要的常识。比如投资专家从来不会建议靠赌博发家，但是也存在赌博的赢家，花几块钱买彩票，中了几个亿，比任何成功的实业家都赚得快——这个例外的概率是相当低的，它就不在正常的95%范畴之内。

万事万物都有例外。古代的包办婚姻、童养媳也能产生好姻缘，时新的塔罗牌、扯花瓣也能蒙上不错的人，但爱情不能因此走上蒙昧主义，它最终还是像我们期待看到的这样，是自由主义者的爱情，是理性主义者的爱情。

爱情说白了，很简单，你相信它是知识，我们就可以用知识工具来解决，分析它的得失，从而得到最平衡、成功率最高的办法。你若认定它是巫术，由一些神秘力量控制，那就愿赌服输。赌徒最让人烦的是，去赌还要别人保证他一定发财。

我们要爱在95%当中，这种爱最容易争取，这是爱的科学。

我们也得允许有些人在愿意承担后果的前提下生活在5%当中，这是爱的宽容。

这两类人没有互相指责的必要，生活只是你自己的生活。

价值七步

对于判断某事是否有价值，西蒙（Sidney Simon）和基尔申鲍姆（Howard Kirschenbaum）曾给过七步骤验证法，值得推荐，我以爱情为例，分解一下这七个步骤：

1. 它必须是自由选择。包办的强制的婚姻，可能条件在双方家庭看来很般配，但当事人并不领情，就在于它不是自由选择。

2. 它必须是深思熟虑后的优中选优。这是多恋爱、早恋爱的好处，慢慢学习甄别人的好坏。初恋即为终身伴侣的概率很低，不是爱情常态。

3. 你必须接受后果。选择即意味着犯错的可能，没有一直都选对的人，错了不怨天尤人，修正就好。因为害怕承认错误将错就错，毁掉一生，那才可怕。

4. 它必须让你自豪。爱一个流氓无赖，当寄生虫，酗酒吸毒，都是选择的一种，但它们让你离尊重与尊严远了一些。

5. 它必须公之于众。这点听起来有点奇怪，我是这样理解的，如果你真爱一个人，你会希望对方知道，你会希望所有人都知道。

6. 它必须付诸行动。暗恋不敢表白，是因为你还是爱自己多一些，不舍得为对方“丢一下脸”，告诉她（他）、追求她（他），证明自己，这全需要行动。人不行动就不是人，是尸体。

做一个决定，上面六条在脑海里走个流程，可能就几秒钟的事，在爱情上，最后一步却得花掉你的余生。

7. 行动必须不停重复。爱一个人，一刻、一天、一个月，甚至一年，都不难。但是五年、十年、数十年，却不容易。但愿你永远不要忘记她答应你时的模样，但愿你永远不要忘记你当时的喜悦。

不仅是爱情，实现任何有价值之事，都离不开这七条，简化一下是：

自由、深思、承担、自豪、公开、行动、再行动。

那些毁掉一生的坏品质

年轻时判断力弱，但却要做一生最重要的选择，你得挑一个人和你共度一生，这真是人生最大的矛盾。

所以，早早有识人本事，一眼可看更多本质，确实是有助于爱情和幸福的。

阶层间的划分，除了财富地位这些外在的因素，那些更幸福、更成功的孩子，往往传承了更好的观念，更不可能被坏人耽误，这是内在的区别。

我见过太多少年天才的陨落，也听过太多不幸的人生故事。

人生很长，人生很难，那些坏品质，一般都能积累成大悲哀。

人人身上都有坏品质的因子，我们要做的是，知道它坏，并克制住。当这些坏品质的因子在另一人身上表现得过于明显，左右了他的生活，那就不能当恋人。

1. 悲观。不可能，没希望，做不到，现在糟透了……这些是他们的口头禅，语言是思维的外化，这也是他们的思维方式。为赋新词强说愁，悲观又是孩子们刻意追求的一种美感，似乎显得成熟，很多人演着演着就出不了戏。

你悲观，自然容易放弃，也有无数情绪垃圾。跟一个悲观者长期生活，就像搀扶一个醉汉，你要听他痛哭流涕，一放手，他就趴下。跟他活一辈子，不仅累，你也什么事都做不了。

远离悲观者，至少不要与他们结婚。当然，你自己以后面对问题时，也要脱口而出：好，我能够想办法解决！这样，能量才会越来越大。

2. 不健康的生活方式，例如赌博、吸毒、酗酒等。这些坏习惯很难改，又是风险极大的纯消耗，一夜之间，就可倾家荡产，身败名裂。和这样的人结婚，就像跟一颗不稳定的炸弹生活，迟早会炸。

3. 暴力。这本来不用多解释，但是暴力在恋爱时，也有迷惑色彩。那时的暴力可能是对外，他打架总能赢别人，跟他一起走在路上谁也不敢惹，有种上瘾的力量感。一个人习惯用暴力解决问题，他一定也用暴力解决家庭问题，他也更容易死于暴力。

4. 不会拒绝别人。这点比较难看穿，有各种美妙的变形：他是老好人，他去背黑锅，他爱心无限，他是大孝子，他是自带干粮的“奴隶”。他唯一敢拒绝的就是配偶。他把本该属于你的一切，都奉献给了他人。

5. 吝啬。吝啬是贫穷的创伤后综合征，也极可能导致贫穷。吝啬的人，人生目的就是为马桶省3 000吨水。他不爱任何一个人，因为别人都在浪费。

6. 虚荣。太多人只了解虚荣的一小部分，只知道脱离自己经济实力的炫耀性消费是虚荣。其实虚荣准确的定义是：刻意活在别人的好评里。经不起激将法的男人是虚荣的，不接受自己孩子普通的妈妈是虚荣的，为别人而活的人是虚荣的。虚荣是最强大的病毒。

别人都结婚了，你也该结婚。虚荣的人，会说这话，也会为了婚姻接受一个人的坏品质。

幸福的婚姻只有一种：与一个值得爱的人相爱。

不幸的婚姻有两种：我不值得他爱；他不值得我爱。

拎得清才幸福

“拎得清才幸福”，这是一位读者的留言，借来当题目，谢谢你。

不幸福，有两种来源：

一是物质匮乏，即穷。贫贱夫妻百事哀，钱是最不讲情理的，你没有，它就事事为难你。这种不幸来源，比较难摆脱，致富毕竟是比较漫长的征途。

穷人的配偶往往也是穷人，这造成他们起点艰难，当他们一起努力，感情也经受住了“百事哀”的冲击，慢慢富裕，第101件事，就不哀了，苦尽甘来。

第二种来源就是拎不清。用正规一点的术语，叫作没有“反省能力”。

很多家庭，已经告别贫穷，从一些留言来看，我的读者，不少都相当富裕。

这个阶层，家里若有个拎不清的人，对其他人的精神折磨是极惨烈的，受害者却百思不得其解：我们什么都不缺了，为什么这么苦？你有钱了，为何还是对我这么吝啬？一点也不愿意把我从劳作中释放？

你若看完我推荐的《巴菲特传》，对这个情节不会陌生：

巴菲特挣到几千万美元后，他的第一任妻子，一个造作的文艺女青年，一直缠着他捐钱给各类文艺和慈善机构，她觉得赚更多的钱不是人生的方向，应该追求艺术，过更优雅的生活。

巴菲特很痛苦，他认为，几千万美元，一点也不多，对有雄心壮志的投资者来说，才刚起步："我的特长是赚钱，就应该用这些钱赚更多的钱，将来才更有能力做慈善。"

虽然很爱她，巴菲特还是被老婆的造作搞得很悲伤，最后接受了离婚。到了人生暮年，时光证明巴菲特的想法是对的，他实现梦想，成为世上最成功的投资者，他也自愿捐出数百亿美元做慈善。当年若是屈从老婆，就没有投资之神，也没有如此慷慨的慈善家了。

拎得清，有反省能力，是理性的重要作用。缺乏反省能力，智商再高也没用，你只不过是用这智商维护自己的错误，这也是很多聪明人做蠢事的原因，他们没有能力反省自己的错误。

我的文章后经常有上千条的评论，要花很长时间看，看到第二天。

有一条评论让我很感动，来自一个有反省能力的女人，她说：

骂的就是几个月前的我！自视清高，自以为文艺女青年一枚。超级鄙视一直赚钱养家却不能在精神上和我琴瑟和鸣的老公。直至深度抑郁！几个月前无意间开始看连叔的文章，才慢慢正视自己，开始欣赏老公。广州两套房、两辆车、一个工厂都是这些年他一个人打拼来的，我真的没有贡献一点力。我之前还多么的为之不屑啊！现在抑郁症不治而愈了，接下来，我要帮他，无论工厂还是家事，尽力帮。这是一个有着大智慧的男人！终将更加成功！

我这个作者，相当有成就感，替她及她的丈夫开心，这一念之差，这观念一转变，拎得清了，家庭就由不幸变成幸福。

不要怕有错误的观念，人一定会有错误的观念，只要用我们的反省能力把自己从一团乱麻里拎出头绪，错误观念的伤害就有限。在它造成不可逆的伤害之前，你已经修正了它，同时，理性还得到了锻炼。

妻子希望精神上和丈夫有更多交流，这没有错，但归因于丈夫“赚钱”，就是理性不足。把物质视为精神的对立面，得出的结论就是“如果丈夫不爱赚钱，那么一定和我有更多精神共鸣”，在这种观念的阴影下，双方都将陷于痛苦。

通过反省意识到自己的错误归因，知道能赚钱的丈夫，为家庭积累丰厚资产，就是在尽责，就是展现智慧与能力，从而生出心疼、欣赏与尊重，双方温馨互动，精神上的共鸣瞬间就增多了，怎么能不幸福?

你若拎得清，贫穷是暂时的；你若拎得清，幸福是必然的。

情人戒

情人节的时候，有位读者留言，说他当天没有任何表示，结果女朋友生气了。

他在理由中说道：

泱泱大中华几千年的传统文化那么有味道，那么有内涵，传唱的故事那么有韵味，却被当下不少年轻人轻视，甚至忽略。一个西方的情人节却在中国流行，大众随波逐流……我愿意过咱们中国的七夕，而不是情人节……我们都是小人物，说什么大话，做好自己就行了。

我给出的方案是："我不想说什么，只想说你脑子'短路'了，立马认错，赶快买礼物去表示，分秒必争，不然，就会失去这个女友，然后你还以为自己特别有气节——这样的人，将来是不会有女朋友的。”

要有情人，能留住情人，甚至能让人一生当你的情人，爱你到死，必须戒掉以下几点：

1. 戒教育姑娘。姑娘们都喜欢的，她也喜欢，这很正常，姑娘喜欢今天过情人节，你就今天过。姑娘在这一天是用来哄的，不是用来教育的，你的道理，有的是时间沟通。再说了，女友想过情人节，你不让过，我也不觉得你能说出什么道理。

2. 戒节俭。除非双方都不想过情人节，否则，不愿照顾女友感受，今天不过情人节的，弊病都在于太节俭，觉得情人节一切花费都是浪费。

确实是浪费，玫瑰不能吃，香槟太甜根本不像酒，蛋糕只是象征性吃几口，为什么要花几千块住酒店，家里没床吗？换个角度想，你花的钱，不是买这些东西，而是买在一起的快乐时光，那就绝不是浪费。

3. 戒苦行。苦行僧只能自己待在荒野修行，只要想恋爱，来到花花世界，就不能有苦行心态。要当一个“享乐主义者”，领略物欲之美。尽自己所能，让自己所爱的人过得更好，是男人的尊严。

人人都用奢侈品，不现实，但恋人多数经济实力相当，提过分要求的是少数。你在自己能力范围内拼到最好，她感受得到。这是在展示你的力量，她有理由相信，你有信心越走越高，以后能送她更有价值的东西。

4. 戒理想主义。理想主义者，往往就是空谈主义者，人家想收一把玫瑰，他跟人谈上下五千年。务实一点。实是什么？就是实在，实实在在的鲜花，实实在在的包包，实实在在的大餐。将来实实在在地赚钱，买房买车。别务虚。

5. 戒太容易生气。人都会生气，生气后会沟通会弥补，就行。但是太容易生气，一天气好几回，情人节，你一个男人，一言不合就生气，这就不正常了。情人节都克制不住情绪，几乎可以断定是心理有病，将来一起生活，非常痛苦。

6. 戒男人中心主义。大男子主义者，今天或许会过情人节，但是可能把它作为一种补偿，因为“你其他日子都得听我的”。非平等关系，不可能产生健康的爱。情人节一起度过快乐时光，它的意义在于提醒我们：醒醒，平时也不要忽略爱情，每天都应该互相表达爱意。当然不是每天都得送一个包，抱抱，亲亲，多聊聊天，尽量一起吃饭，都是爱，都是礼物。

你和你爱的人，将要度过一生，他（她）是你这一生最重要的人。

因为被爱，一个人才显得特别。真的，没有任何一个人，是必须被爱的。

感谢那个爱你的人，在某一瞬间，觉得你特别可爱，这是命运之光，不要让它熄灭，情人节就是来帮你的。

爱过七夕的，七夕过得比情人节更隆重不就行了？为何要厌恶情人节？所以，爱情中最重要的，是：

7. 戒笨。

世上有很多吝啬的人，但几乎没人承认自己吝啬，他们会用其他美好的词汇来包装吝啬，然后欺骗自己。

比如用“节俭”包装，而且从一些大富豪身上找到例子，证明自己和他们一样，有着光明的未来。最常举的例子就是巴菲特，但是他30多岁就给家人买了别墅，后来也“不得不”买了私人飞机这些事，最好一并知道。巴菲特对家人可不吝啬。

得承认，节俭与吝啬的界限非常模糊，一般人容易搞混。最好的检验办法就是看他对恋人、对家人如何，在他们身上都不愿花钱，那吝啬无疑，比如这两个例子：

穷养儿子，男孩可能会很抠。看到评论里有朋友提到这一点，深表赞同。之前认识的一个男生，父母都是高校教师，家庭情况还可以，但就是很抠，对女朋友抠、对家人抠，对自己，还行。出去吃个三十多块钱的饭也等着女生给钱，过年过节在女友和他母亲一起的三人群里，只抢红包，不发红包。因为从小他就觉得家里穷，只有几万块钱，现在也只有一点钱……

穷最怕的不是物质上的，而是精神上的。我也是穷养长大的，自卑心重，眼界和思想极其狭窄。从上大二开始我就自己去兼职挣钱，很少问家里要生活费，但父母还是总觉得我上个大学花了他们几十万一样。也很感谢大学那段十块钱用一周的日子，意识到了原生家庭的落后思想，也让我变成了更愿意努力坚强的人。大学的时候有个在部队上班的男友，放假来学校找我，吃几顿一百块钱的饭，喝几杯六块钱的酸奶就说我奢侈，那是2016年啊，而且并不是我要去吃的，只因为我没有拒绝别人的邀约。他最让我难以接受的一句话就是："我是穷养长大的孩子，我挣的钱要买房养家养父母，我不能因为我女朋友的不努力和奢侈的消费影响了我的人生目标。"而且他还知道我一直在兼职，后来我兼职仅存的三千块钱全还给了他，他也就成了前男友。

吝啬就是花了钱极其痛苦，不择手段保留金钱成为唯一目标，即使这么做令家人痛苦，会赶走恋人，他们也克制不住。

人与世界的密切联系，是人走向丰盛人生的必须，与更多的人、更多的机会、更多的知识建立联系与交换，一个人才有活力，就像一滴水与大海的关系一样，脱离了联系，个人这滴水很快就挥发了。把一个人关起来，切断他与外界的一切联系，让他连昼夜更替都不知道，他很快就会傻掉，甚至疯掉，不然，关禁闭为何是一种惩罚呢?

吝啬，索取而不回馈，得到而不付出，违背联系的互惠原则，最后一定走向孤立，与他人的联系断绝，最后被吝啬的漩涡淹死：越吝啬，越没有资源；越没有资源，越觉得吝啬的必要。

吝啬，是贫穷对精神的奴役，使人永远陷于贫穷。

吝啬者，最后甚至会讨厌快乐，因为绝大多数快乐是要花钱的。这也可以解释他们的一些反常行为，为何好不容易在女朋友身上花几百块钱，最后却要恶心一下她，剥夺她的快乐?那是从心理上震慑她，让她惭愧，以后再不好意思花钱了。只不过，愿意按这种剧本演的笨姑娘，世上可能不多了。

人挣钱，掌握资源，主要目的之一，就是为了让自己爱的人快乐一点，舒适一点，享受是生活的重要组成部分。你挣了1 000万元，给家人100元都带脸色，那财富又有什么意义呢?

人当然不能欠债享受，透支未来，但人的一部分收入是必须用来享受的，知道这点，你享受时才神清气爽，你也不会上餐馆总在做心算：这顿自己在家做，能省多少？

该怎么掌握享受的度呢？

最好的原则就是随大溜。一座城市、一个收入阶层、一个年龄段、一个节日，都有主流的享受形态，跟着就不至于犯吝啬的错误。主流是花1 000元，你也不少于1 000元，翻个倍，那就进阶了；孩子的零花钱，达到班上孩子们的主流水平，稍稍多一些，他就很开心了；主流是给家人买套房子安居，主流户型是70平方米，你也奋斗买这样一套，大一些更好。

享受随大溜，再比主流好一点，可以防吝啬，可以得快乐。七夕的时候不要嘟嘟囔囔，埋怨这个节那个节太多，那就是在心疼钱了。过七夕的主流是陪恋人、送礼物、请吃饭、一起玩，你就开开心心这么做吧。

我爱你，所以我不废话；我爱你，所以我废话

我爱你，亲爱的读者，所以我很珍惜每天与你见面的几分钟，让你开心，让你有所得，文章尽量没废话，我要对得起你的阅读。

在家庭的重要决策中，买房、工作、创业等等，也需要这种不废话的谈话方式，用逻辑推出结论，避免噪声和偏见的干扰。

一个人得多做这种思维训练，在关键时刻，才能迅速作决定。

但你用这种密度极高的谈话统治生活的一切时，又将犯下大错。

因为你的生活将无话可说，好像把身边的人塞进了冰箱。

有位姑娘留言，说她很爱男友，但不知怎么沟通。我让留言上了评论区，他男友应该看到了。希望他们能有甜蜜的对

话吧。

很多人有同样的困境，心里有很多爱，就是说不出来，或者太想完美表达，情书构思了一遍又一遍，成了哑巴。你冰箱里储存了很多美食，不拿出来，最后是要坏的。

最简单的办法是：抱住他（她），说，我很爱你，爱到说不出来！

这话毫无意义，还是悖论（你说出来了，但你表达的是你说不出来），文章这么写，生意这么谈，第二天就完蛋。

但是，爱情偏偏需要这些废话。

你看这篇文章时，他（她）刚好经过你身边，不妨试一下，看看效果如何。

试验效果应该不错吧？

你爱一个人，体现在你对他（她）说了最多的废话。

这些废话只传递一个信息：我爱你。

饱含爱意的废话，天生就会，很多人只是忘了。

你怎么逗婴儿？你只不过发出一些奇怪的音节，戏剧化你的嗓音，一再重复婴儿的昵称。不需要创造性，成功率是100%，婴儿回报笑容和笑声。

你家的小狗，一句话也不会说，它直接蹭你的脚，舔你的脸，你的心不就融化了吗？

不要高估你爱的人，他在外面再神气，在你面前，也像渴望爱的婴儿，需要你像逗婴儿一样逗他。

不要高估你自己，你爱她，最后一定会像小狗一样，就想亲亲她，抱抱她。她有时候会烦吧，但你不要放弃。

爱是伟大的主题，相爱一生是漫长的征途，它需要你掌握两种说话技术，自如地切换。

一是作重大决定时不说废话，有话直说，得出最合理的决定，这是你思维力、判断力的体现。

二是学会为爱说废话：来，抱一抱，亲一个。早上好呀！一起去玩吧！你一点也不胖！你真好！

说话的技术，就是爱的技术。谈恋爱，谈是第一个字，不会谈，就没有恋，没有爱。

之前还有一位姑娘悲伤地留言，说她决定结束七年的婚姻，因为老公不会说话，有一次逼他说贴心话，结果来了这么一句：我今天买了一个烧水壶，可以煮粥。

希望你不要成为这样的悲剧人物。

所以，给你留个任务，向那个你爱的人，说一句爱的废话。

我来示范一下：虽然你知道，可我还要说，我爱你。

如何争吵？
如何表达爱？

人们常因鸡毛蒜皮的事爆发争吵，吵完以后，又会懊悔、感到空虚。

这并不稀奇，甚至可以说是配偶、亲友吵架的常态，不是你想克服就能克服的：下次吵架，一定只能为世界大事！

下次吵，你还是为了某一句话，某件小事。

就像你点燃炸弹，只要一根火柴。你不会说一根火柴能量巨大，你知道起作用的是炸药。

没有炸药，点燃一根火柴，没有危害，还有舒缓压力的作用，像是把小小的焦虑烧掉了。幸福的配偶不是没有争吵，而是争吵不会有破坏，往往吵完了，30分钟后，你就会抱住他（她），亲亲他（她），闻闻他（她）的香味，说："我爱你。"这对感情，是有促进作用的，可控的争吵，属于所谓的"进步的颤抖"：刺激的分量刚好。太小，你不想进步；太大，又伤害你。

为什么是30分钟后?

30分钟，是人恢复理智所需的时间，这是人的大脑结构决定的，你知道这点知识，情绪来的时候，吵架的时候，你就会尽力给自己、给对方30分钟的缓冲时间。

如果没这个知识，像大多数人一样，你会选择火上浇油，你放狠话，我比你更狠，最后打一架，不可收拾之后，能量全部放光，后悔降临：那句话不是我的本意，那个伤害令我羞愧。

可是，一切都发生了，来不及了。

用知识进步，用知识改善人生。观念往往是一个判断，一句话，很简单，但它能改变一切，带来美味，就像盐。

什么样的观念之盐能减少你们的争吵，能化解争吵的杀伤力?

逻辑学大师D.Q.麦克伦尼认为，沟通的基本原则是：别想当然认为听众知道你没有直接表达的意思。

这话一点不难理解：你想什么，要说出来，别人才知道。

一个人没有这条常识之前，总是倾向于不清楚说明自己的诉求，尤其是中国人，希望用暗示使对方明白自己的意图。现在你知道了，这是违背逻辑的。

所以，吵架的模式总是这样的，有一方委屈万分，有一方怒吼："你不说我怎么知道？！"

对方觉得更委屈，回应更难听的话。报复战开打。

人们为何认为对方必须明白自己的心思？这又牵出另一个心理学常识：

人是自我中心的。

这导致人们想当然地认为别人应当知道自己在想什么，只要自己一个眼神，一个轻微的举动，对方就应该知道自己的真实想法。

"对方竟然不知道，那么，一定是故意忽视我。"由怨生恨，不大吵一场都不行。天天积累一点情绪炸药，最后迎来秋后算账，大爆炸就发生了。

当你知道这两点常识后，事情就好办多了：

1. 他人，即使是配偶与孩子，也不以我为中心，他们也是自己的主人，不能指望他们把所有心思都用来猜测我的想法。我有什么想法、不满和要求，最好如实述说。这可以避免自我中心带来的错误。

2. 即使对方很爱我，愿意猜测我的想法，他也不可能猜透我的意思，因为逻辑要求我必须直接表达自己的意思。

爱，长久幸福，持续快乐，这都需要经营，靠原始本能，无法持续。

经营，则需要知识，有些知识深刻而简单：你要清楚表述自己的想法，你需要什么，拒绝什么，一一道来，只有这样，对方才能理解。

这也可以避免狡诈之徒的伤害。他们会利用你这人性的弱点，知识的不足，在谈话中，让你以为他知道你内心的需求，达成了共识，你付出许多，他最后撕毁协议，还理直气壮："你并没有说你的要求，那只是你一厢情愿。"你只能哑巴吃黄连。

想清楚，说出来。对你爱的人如此，对你不爱的人更要如此，对一切你沟通的对象都如此。

这样，被误解的烦恼，被人坑的痛苦，将会减少99%。

你要爱她，但不要老让着她；你可以偶尔欺负他，但不能老欺负他

夫妻间冷战是常见的事，莫名其妙，我不理你，你不理我。

这可以说是爱情必然会带来的麻烦，想避免冷战的发生，不可能，冷战一定会发生。

解决得好，冷战可以转化成一种调剂，跟随着一次拥抱亲吻，还有不少蜜语甜言。冷战，是以拒绝沟通的方式让你听到我的诉求：喂，我在这里，就是不和你说话，你很难受吧？

解决不好，确实很难受，如这位朋友的留言：

连叔，您好！这一周我和媳妇处于冷战中，我把自己投入在工作和学习中忙碌，早上提前一小时上班，晚上很晚才回去，做点简单的饭吃了睡觉。您的公众号是她推荐的，您的观点我和她都很赞同，但我

们现在很多想法都不合，现在娃娃两岁了，我想如果没有娃娃我们已经离婚了。我们以前也有过冷战，每次都是以我失败告终。每次冷战后我都想着不要再和她冷战了，没想到这次又掉坑里。我现在有些骑虎难下的感觉，想和她缓和，但她就是不给台阶下。现在我也不知道该怎么做，还是继续转移注意力，多看看您推荐的书，努力工作学习。想听听您的建议，谢谢！

一周的冷战，已经过长，后果严重，出现了想离婚的想法，当然，因为这事不太可能离婚。但这也说明，小事处理不好，会累积成大事，甚至让婚姻变得难熬。

这位丈夫不错，能低头，能认输，这是爱一个人的体现，但这也犯了技术上的错误。

冷战的技术，或者说原则，是轮流服输。双方要达成默契，这次你低头服输，下次我就得主动一点。在实际操作中，即使做不到绝对一比一，但差别不应很大，总是会比较接近平衡。

很多姑娘容易犯的错误就是把对方的低头服软当成得到了爱：你输才是爱我，你赢就是不爱我。这是个糟糕的玩法，因为规则只对你有利，双方都适用的规则才是好规则，才能玩一辈子。“你输才是爱我”显然不适用于双方，双方同时持这种态度，就没人可以输，冷战将一直持续。时间越长，行为本身越是得到强化，就越是证明你们确实不爱，这样玩掉的感情并不少。

很多大问题可以用小技术解决，包括爱情也是如此。

比如令人困扰的孔融让梨，一盘梨要主动挑小的，大的让给哥哥吃。这一直是中国人家庭教育的经典案例，但其实经不起推敲：一是陷哥哥于不义，似乎哥哥那么不懂事，不会照顾弟弟；二是扭曲人性，总是想着让，就会变成老好人，不懂得争取自己的权利，最后变成人人可以欺负的软蛋；三是只用道德说教解决分配问题，容易培养伪君子，中国的传统文人，嘴上耻于言利，与这种教育有关。

那就为难了，也不能反着来，让孩子争梨啊，一下手就抢大的，虽然遵循本能，但真这么行事，神憎鬼厌，会长成处处要占人便宜的猥琐之人。

高明的教育专家，从技术上解决了这个难题。孩子一定会争夺所有资源，解决办法是由一个孩子分配资源，但他必须最后一个拿。切蛋糕的孩子，拿最后一块，他一定分配得极为公平。用这种方法教育长大的孩子，既不会虚伪地回避自己的正当要求，又不会霸道地侵犯他人的权利，更能处理好爱情中的冷战问题：我可以制定规则，但对方要能用这规则。

你要爱她，但老让着她，也是不对的。你无理有理总是认输，骄纵了她的脾气，把她养成坏人，她也变得不会正常表达：想要你的爱，想要你注意，就只会发脾气。你不认输，觉得你不爱她；你老认输，又觉得你不够男子气，太娘。

建议采取以下几条冷战规则：

1. 冷战时间不超过24小时；

2. 冷战采取轮流服输制度，这次你认输，下次我认输；

3. 冷战结束后好好聊一聊，吃个饭，看场电影，不要指责对方，不要翻旧账，客观描述自己当下的需求即可。

冷战是为了热爱。别忘了这个前提。

爱必然累

怕累的人，没有爱的能力。

人的程序，用脑力，用体力，默认都是偷懒，能省事则省事，不能省事时也不想干活。

我想，流浪汉，可能更接近人的默认程序，他们几乎可以不做任何事，他们把偷懒值开到了最大。

那么，你我为什么没当流浪汉呢？

因为我们想要成就感，希望自我实现，渴望爱。

你要的，不只是生存。生存只是基础，在这基础之上，要建摩天大楼。盖楼，当然累。

很多人对婚姻有错误的认识，以为一结婚，就有人照顾，可以更轻松。

他们缺乏的是“穿对方的鞋子”思考一下：照顾你的人，显然更累了。这种婚姻是不公平的，你的舒服建立在奴役另一个人的基础上。

两个相爱的人结合，肯定比一个人生活更有意思。这种爱的力量，否定不了。

但是两个相爱的人结合，肯定也比一个人生活更有压力，更累。一定要记住这点。

那些结完婚就抱怨累的人，那些结完婚就觉得压力大的人，那些结完婚就觉得失去自由的人，那些结完婚就想将就着生活的人，他们的共同点，就是都没有“结完婚人必然更累”的常识。所以婚姻常态显示出来后，他们呆住了。

一个人进入婚姻之前，他得告诉自己：“从此以后，我有责任让这个爱自己的人过得更好，让家人过得更好，我得更努力，懒散的日子过去了。”

这应该当成婚礼的誓词。

这样，可以少很多婚姻乱象：

在外面吹牛，回家什么事也不做的人，会少一些；

天天关心国家大事，却看不见家里小事的人，会少一些；

家人说到衣食住行，说到房子，说到孩子的花销，觉得烦的人，会少一些。

爱必然累，婚姻必然累，因为一切好一点的生活，都和钱挂钩，而钱，人人都爱，不累一点，怎么可能有?

越早意识到这点的人，越牛。

我很喜欢的一个人，现代广告之父拉斯克尔，出生于一个富裕家庭，从小聪明，12岁就办了自己的报纸。1898年，18岁的他向父亲借了75美元，出门寻找自己的事业。

22岁时，他和自己心爱的姑娘结婚。

半年后，妻子得了伤寒，现在这是小病，那时的死亡率达到10%至20%。妻子幸存了，但是，那个健康轻盈的女人一去不复返。

无忧无虑、爱喝酒取乐的富家公子，也一去不复返，拉斯克尔经历了关键性的观念转变：

“从我妻子生病那天起，我的心智就完全成熟了，不再幼稚，之前，我不在乎金钱，之后，我为生活所迫拼命赚钱。”

他们的婚姻，持续了34年，直到妻子去世。

拉斯克尔兑现了让家人生活得更好的诺言，他的一处住宅，就有50名佣人，外带18洞的高尔夫球场。

现在的你，可能正在下班回家的路上，或许还在加班，处于一天中最累的时刻，但是，正因为你愿意承受这累，说明你爱生活，说明你爱那个等会儿就要见到的人。

爱必然是累的，只是我们愿意。

压力是爱的礼物

“我不想压力那么大”，这是很多男生会说的一句话。

甚至当他们遇见更好的机会、更优秀的女生时，为了逃避随之而来的压力，往往会拒绝。

当然，严格来说，这种思维是不分男生女生的，只是发生在男生身上，更令人无法接受；因为男性的社会角色，被赋予更多为荣耀、地位和财富而战的色彩。

不想承受压力却想过得好，这是偷懒的人性，时刻存在，但这就像揪着自己的头发上天一样，是不可能的。

不想承受压力，与之相伴随的，必然是停止和倒退，因为学习新知、解决问题的欲望也会一并消失。

很多人在被迫承受压力时，生活发生了好的变化。

我曾和一个装修业的老板交流，他笑着说，得感谢二十多年前的下岗，刚开始没那点工资，以为天塌了。从割玻璃的小工开始学起，天天解决出现的问题，化解一波接一波的压力，有了自己的店，自己的公司，自己的上游工厂。

他说自己最大的收获不是数亿元的资产，而是思维模式的改变。

前半生在国企，虽然是年轻人，但是胆小、保守，一点也不想承受压力，觉得工资可以拿一辈子，还有退休金，温饱有保障。人生策略是不求有功，但求无过。退让，当老好人，混，隐藏自己想法，以避免一切冲突和压力，这是当时的生命状态。

一夜之间被扔进市场，前半生的思维方式，在市场里全成了垃圾。一日不作，一日无食，不主动出击，不寻找客户，躲避退让，一点生意都没有。是压力让他去面对挑战，甚至听到顾客的抱怨会心生多重欢喜：

1. 我有顾客才收得到抱怨；

2. 抱怨我，那给我提供了改良的建议；

3. 抱怨普遍的难题，那说明这是痛点，给我指出了未来的利润点。

从害怕压力到喜欢压力，这就是他思维方式的改变。

他当然有企业家的天赋，不过，没有压力，这天赋一辈子也无法显现。

你有什么天赋，你也不知道，除非你给自己施加压力，它才可能像地底的石油一样喷发出来，变成财富。

压力带来新的视野、新的方法，追求压力才是正确的人生观。

让压力带给你一次成功，你就不会害怕压力。

用这个策略引导企业，孙正义有过出色的案例。

2006年，软银收购了沃达丰这个日本市场永远的老三，孙正义觉得管理人员双眼无神，毫无自信，充满失败气质。

于是他说："我只提一个小要求，你们当一回月增长率的第一名吧！哪怕一个月也好。"

沃达丰的员工拼命拿了一次月增长第一，完成了老大的要求。结果，他们长期保持了同样的业绩。你一旦习惯了更高位置，你就不会甘心掉回去，没有第一，你就不舒服。这个成长过程，孙正义是知道的，不过，只会逃离压力的失败者不知道，必须让他们尝到甜头，才能脱掉失败者的气质。

大多数人成长的环境中，很少有这类引导者，相反，更多的是知足常乐、追求安稳的人。这也难怪，因为多数家长并没有在压力中成长的经历，即使有，也未必能够传递这一理念。

爱一个人，是难得的成长机会，愿意为他（她）承受压力。

要好好珍惜这股为爱一战的激情，不把握，很快就会消失。你得到了一个人的爱，或者孩子给你的新鲜感消失，你又会觉得目的已经达到了，何必承受压力呢？创业？打第二份工？陪孩子学习？不停成长？投身市场？都太辛苦了，我不想要有那么大的压力，让我过轻松一点的日子吧。

这样，爱给你的改变机会也就消失了。说你辜负爱你的人，对不起投胎到你家的孩子，也不算太严厉吧。

你给得了，也配得上大气的爱

5·20的时候，有一位姑娘的留言挺有代表性：

> 连叔，马上5·20了，昨晚男朋友说给我买了99朵玫瑰，他一向都是发红包了事的，今年我问他送什么，他问我要多少钱，我说我要花，然后他就买了。我是个平凡的穷苦人家的小孩，没收过花，也没花过这么一笔钱买不实用的东西。我从小就节约并且把钱花在刀刃上，我男朋友的举动，让我非常激动开心，可是心里却很忐忑，一想到钱又浪费了，我就焦虑。连叔，我感觉自己穷习惯了。

有贫穷记忆的人很多，中国总的来说，穷人并不少，人均也不阔绰，贫穷仍然影响着生活的方方面面，包括爱情。

贫穷使人节俭，这很符合逻辑，如果贫穷了还不节俭，那么就更难脱离贫穷。中国人能够积攒力量脱离大规模的贫穷，与普遍的节俭有关，这积累了资本，再加上市场给的机会，迅速脱了贫。有市场，又有资本，这是永恒的致富之路。一个穷人，知道攒资本，再投身市场，改善处境几乎是必然的。

但节俭又是一把双刃剑，贫穷状况下的消费习惯，基本围绕着最基本的生理需求，花最少的钱吃饱穿暖，其他的一切花费，都是多余的浪费，“没用”。上面那位姑娘的矛盾心理就是如此，自己能收到男朋友的鲜花，很开心，但同时又陷入浪费的焦虑之中，这就是消费观升级时的挣扎，也体现了贫穷对人的锁定。

在贫穷的消费观中，花不能吃，也不能用，一两天后就枯萎，在一些特殊的日子，比如5·20，价格还比较贵，疯了才会买。依此类推，基本上就不会为更好的服务、更好的氛围、更高的品质付费，比起几朵花，这些花费更肉痛。生活于是变成了富裕的贫穷，你越来越有钱，但你对自己仍然不好，只允许自己保障温饱，稍好一点，即使只是买几朵花，你都觉得自己配不上。

然后，你就永远配不上。

收入与消费，当然应该保持健康的比例，收入总应该比消费多一些。随着收入的提升，也应该用消费来提升自己，这样赚钱才有意思，不然就成了守财奴，终究只是数字而已。人解决温饱以后，多数消费与情感有关，你多花的钱，是为了让自己和自己所爱之人的感受更好。从这个角度来看，送花就变得有用了，让你开心，让你温暖，让你感到了爱，这显然是更高级一点的“有用”。

日本大导演北野武，年轻时有一段很长的学艺（类似于中国的相声艺术）过程，当时有位师傅教过他如何更高级地消费，他请北野武吃寿司，餐费一般花1万日元左右，然后给老板和服务生2万日元左右的小费。

有一段时间，师傅很久没请吃饭，北野武问师傅原因，师傅说，最近实在是太穷了，吃不起。北野武很吃惊："1万日元都没有吗?"

师傅答道："1万日元是有的，但是没钱给小费。"

在师傅看来，一餐饭，为了自己的尊严，为了对他人的感谢，小费是必不可少的，是比餐费更有用的支出。并不能因为自己穷，就省这钱。

这位师傅不富裕，但是一点也不窘迫，大气而高级，可爱又可敬。

用这位师傅的标准来指导感情，那么，经常送花送礼物，尽力让自己所爱的人感受高级一点，就是最有用的支出，怎么可以省呢？一个人努力工作，付得起这些钱，就是幸福。

我很努力，她为什么抛弃我？

有位青年写下伤心的留言：

连叔你好。我以前也是想努力获得一技之长，在学校专业也一直是拔尖的，属于同学眼中的大神，其他能力也还可以。即将硕士毕业，签约了30万元年薪的互联网公司。但是我深爱的女生却离开了我。我们相处得那么好，我那么爱她，她却在实习的时候选择了一个个人能力、长相一般但家庭条件还不错的男生。我父母是农民，他们在市区给我买了一套房，让我很愧疚，感觉对不起他们。我那么努力，使自己优秀，却永远比不了一个家庭条件好一点的人吗？他只需要一个安稳、简单的工作，就可以抢走我生命中最珍贵的人？感觉自己特别崩溃，想不通。

这种分手，杀伤力极大，摧毁级别，想不通是正常反应。

有人一生都会想不通。这将产生两种后果：一是痛恨这个姑娘，不仅原来的爱都转化成恨，能量还增加了10倍。不过，恨一个人可能并不会太影响自己的人生。

更坏的后果是从此再也无法相信姑娘和爱情，痛恨这些世界上最美好的部分，形成这种思维定式后，又将产生一系列的错误选择：

你可能草率地选择婚姻对象，草率地生下孩子，当发现家庭出问题时，你的纠错成本已经极高，进退两难。我见过太多这种例子。

你还可能以游戏的心态恋爱，她怎么伤你，你就怎么伤其他姑娘，你不自觉地开始报复所有姑娘。

也就是说，你被这次分手毒化了，就像被僵尸咬过，你也变成僵尸，人人怕你咬。

僵尸不幸福，不要变成僵尸，请记住以下这些解毒剂：

1. 你犯了错会导致分手，但你没犯错也可能分手，后一种分手甚至更多，不要因为分手而否定自己，更不要因此伤害自己。任何时候，你做的事，只要让你更健康、更富有，都是对的，反之，就是错的。

2. 你无权要求姑娘共患难。你当然很努力，条件也不算差，你猜想姑娘是因为你的家庭条件不好而放弃你，你认为这是一个可以克服的不足，再过几年，收入更高，都解决了。但姑娘不愿意等，选择马上得到家境更好的男生，是她的权利。

3. 爱情是建立在物质基础上的。姑娘被扣上嫌贫爱富的帽子，一般都很难抬头，但是这种舆论上的胜利，却改变不了事物的本质，即富比穷好，在爱情竞争中，更富者的赢面总是大的。

人总是愿意相信对自己有利的想法，富人以为富裕才可爱，穷人以为爱情应该接受贫穷，遗憾的是，这次穷人的想法又是错的。多数人在恋爱时，自己总是不太富裕的，所以思想上脱贫更重要。当你知道穷是自己巨大的软肋时，你行动上脱贫的动力将更大，也能想出更多办法，你会更勤奋，脾气也更好：你穷还吼姑娘，这是为渊驱鱼。

4. 每个人都会哭泣，每个人都会受伤。世界并没有针对你的意思，复原能力，抗击打能力，是成为强者的必备。一击即溃，一分手就沉沦，只能证明你不值得爱。躺下就是支持打击你的人；站住，迅速复原，才是最好的应对。

5. 我再好，都有人不爱我。爱充满了主观因素，每个人都有偏好，从这点来看，他人不爱我，和我分手，甚至无由头地仇恨我，都有可能发生。当它们发生时，是没道理可讲的，让它们去吧，没必要较劲，没必要去想通。

6. 最后要记住，只要你更好，一定会有人爱你。这是更强大、更普遍的人性。身体好一点，多赚一点钱，维护自己的信用，更干净，更有礼貌，你看起来总是更出色，一定有你爱的姑娘爱你，即使你的家境一般、父母是农民。

祝开心。

责任感过强，即为“圣母”

有责任感是好品质。

正因为有它，父母才会抚育孩子，孩子才会赡养父母。

正因为有它，我们在无人监督时也会尽量做好自己的工作。

正因为有它，我们才会放心地将自己的一生交给自己爱的人。

没有责任感的人几乎无法和他人建立有效的连接，变成被抛弃的孤岛，除非，他们遇上一个过分有责任感的人。

没有责任感，人人都知道是坏事，就像癌症一样。这是它唯一的好处，不具有欺骗性。

而责任感过强，并没有多少人以为是坏事，甚至具有某种“神性”，被当成更纯粹的爱，更高尚的品格加以宣扬。

曾经讨论过教育界流行的口号：没有教不好的学生，只有不会教的老师。这是典型的责任感过强。它引发的后果是强迫症，以为自己能够摆脱规律的束缚，按照自己的意图改造一切。

可能几个令人沮丧的坏学生，并不足以毁掉老师的一生，也没有几个老师在内心认同“没有教不好的学生”；责任感过强的杀伤力更多体现在恋爱上，这种自愿的沉溺可以迅速耗尽短暂的青春，然后吞噬漫长的一生。

前不久，我收到一封邮件，一位姑娘描述她的男友，有这些事迹：

向她借钱，近十万元，不还；

借高利贷；

赌博；

玩失踪；

恋爱时劈腿；

最后发现其隐瞒情史，有孩子。

她的疑问是：要不要和他去领证？

这问题也许令你震惊，这不是明摆着跳火坑吗？还要问？我收了近二十年邮件，一点也不意外了，这种症状就是责任感过强，人人避之唯恐不及的渣人，反而对他们有黑洞一样的吸引力，无力逃脱。这类人，并不罕见，仔细观察，你身边也有，只是病情不会如此极端而已。

责任感过强，容易神化自己的爱，认为爱无所不能，只要自己把所有的爱倾注给对方，再渣的人都会改造成功。这是不是可以总结成：没有不可爱的人，只有不会爱的人?

责任感过强的人，其实让世界变糟了，因为他们让原本应该被淘汰的坏人幸存了，让原本应该被惩罚的坏人得到了奖赏。

成年人之间互相欣赏，最后欣赏到极点，决定天天在一起互相欣赏，这就是恋爱与婚姻，它的根基是对方是值得欣赏的人。

爱是挑选一个自己能力所及的最优秀的人。这其实要求人要有分手能力。当你发现对方达不到你的要求时，你要能够快刀斩乱麻。太多人认为这是绝情，是冷血，但在我看来，这恰恰是爱的核心技能。恋爱过的人，有一些共同记忆，你人生的一部分，是在另一个人身上，分手有断肢的痛感，无法忍受这痛，就将被一团乱麻慢慢缠住。

能分手，会纠错，这证明你没有“责任感过强症”。对方达不到你的标准，并不是你的责任，是他成长时自己没有尽力，你并没有培育他、提升他、弥补他的义务。他与你的标准差距越大，你分得越干脆，才不会出现离不开渣人的怪事。

具有这种能力，在其他领域，就几乎不可能上各类道德绑架的当，因为你知道，有些人到了成年，仍然无法自我负责，最适合他们的，就是放弃、隔离，甚至是惩罚。你当然不会花精力拯救他们，教育他们，感化他们。

你的爱不浪费，你的爱成功率自然高。你身边没有渣人，你的生存质量自然更好。

这是显而易见的事。所以，不要当“圣母”。

我要比你活得久，我要比你活得好

2016年11月，一则女记者为情所困、跳楼自尽的新闻引发了网络热议。

前因后果，关心的人都了解，不再复述。

为了论述方便，假设（请注意，假设）女记者所述全部为真：未婚夫男记者劈腿，同时对她冷漠，所以自杀。

那么，如何评价这件事呢？如果一个人在爱情中遇上这类事件，该如何处理呢？

女记者所为，其逻辑是：我是如此深爱这个渣男，渣男背叛了我，所以我要死。

这逻辑无论怎么解释，都是错的：

1. 我爱的人是渣男，说明我很笨，无脸见人，所以要死。这是归因于自己，渣男无责任。

2. 渣男可恶，而且渣男不理我了。渣男离开，这是开心的事，更用不着自杀。

当然，人生不是纯逻辑，人还是情感丰富的物种，爱情走到尽头，被渣男（女）欺负，伤心也是正常的。

但得记住，人的所有行动，都是其思考的结果。人的思考，就是一连串的逻辑推演，逻辑过关的人，也是脑子好的人，最后也活得更好，这是必然的。

人一生要遇到无数伤心事。你爱的人让你伤心，也是常见的。就像摔跤让婴儿学会走路，伤心让人学会了爱，让人更了解自己，这是成长的必须。

人刚开始恋爱，识人能力比较弱，爱上不该爱的人，并不罕见；人也有偏好，再好的人，你也可能失去爱意。失恋、分手、劈腿、出轨，这些都是常事。你看错一个人，或者随着时间流逝，两人不再相爱，都难免发生。一碰到这种事，你就自残、自杀，那说明你的心理病得很重。

各类文艺作品中，渲染、赞美殉情的文字相当多。为了爱（及其他各类华美的词汇）而死，是壮烈的、优美的、可歌可泣的。这是恐怖组织训练人肉炸弹用的话语，正常人绝不要再说。

对自己负责的人，一个会爱的人，越是难过，越是要对自己说："我得好好活下去，活着保留了一切机会，活着，意义才会显现。"

渣男，我死给你看！这伤得了渣男一根毛吗？真的渣男，神经往往比一般人坚强，也可以活在两套逻辑里，你的死，不影响他的生活。

不幸遇上渣男，上上策是：看破，离开。时间就是青春，时间就是爱情。

如果心里还有气，那就对自己说："我要比你活得久，我要比你活得好。"这种想法，虽然含有复仇心态，但对你有帮助，让你容易渡过难关，重新开始。

再过几年，你过得更好，你甚至会忘掉那个渣男，当年的痛苦也不值一提。你会庆幸自己决定"我要活得久，我要活得好"，你也将继续这原则，只不过，这次没有复仇心态，纯粹是对自己生命的肯定："我是勤奋的、健康的、聪明的人，我一生越长，见的美景越多。"

为渣男（女）而死，那是生命的失职。我们是更优秀的人，有义务活得更久，活得更好。

为爱丢一点点脸

先恭喜一位姑娘：

连叔，谢谢你。之前鼓励我主动追一个男生，竟然追到了。他非常优秀，在一起后特别宠我。很开心，谢谢你。

怎么鼓励她的，我记不清楚了。每天与读者朋友的互动，你在评论区看得见的，加上没有放出来的、你看不见的，数量不少，我不可能都记住。我想，无非几句话，甚至只有“加油”两个字吧。

所以，主要功劳是这位姑娘自己的。当然，我参与了这件美事，也是事实。有时候，人们需要轻轻一推，才敢行动。我被分配去轻推，觉得挺幸运的。

求爱需要很大的胆量，无论对男女来说，都是如此。在中国传统的婚恋观里，又认为女性主动求爱非常羞耻且不妥当，理由是这样男性就掌握主动了，不再珍惜这位女性。很多女性之所以接受这种观点，不是因为这种说法多么高明，是因为自己真的胆子小，怕丢脸，有一种理论支持自己不行动，如释重负。

人性是相通的。如果男人有不同的人性，那男人与女人就无法交流，无法产生爱情。就是爱猫爱狗，那也是这些动物通人性，能和你产生一些交流，虽然极幼稚，但表现得像个人。一个姑娘，被一个男生表白，不接受，也会心存感激。男生也一样，被一个姑娘示爱，他不会对这个姑娘更坏，不然就不是人。不幸有表现得不是人的男生，那也不是方法的错，那是眼睛实在太瞎，看错人了，以这种方式认清一个人，也是值得的。

无论你是男是女，你真喜欢一个人，主动表白，是最佳策略。况且，一个值得你爱的人，往往会有几个潜在的爱慕者，越优秀，竞争对手越多，率先主动的人，就取得了竞争优势。当然，主动表白是个技术活，这是另一个话题了。阿Q对吴妈表白“我要和你困觉”，就是很糟糕的技术，虽然真诚，但终究被当成流氓打了一顿。

你表白，肯定不会被打一顿。即使被拒绝，也只是伤一点自尊，觉得有一点点丢脸罢了。真的爱一个人，为他丢一点点脸，我觉得是应该的，这反而可以证明自己的爱。

比尔·盖茨曾建议，年轻人找工作自尊心不宜太强。我觉得是肺腑之言，其实可以改成年轻人自尊心不宜太强，包括求爱。自尊心放低一点，被拒绝，不会那么难受。正面一点来看，正因为不怕拒绝，获得的机会才会比别人更多。

胆量可以练出来。我现在不太愿意在人多的场合说话，跟很多人一样，有演讲恐惧，但你真的逼我，不讲就得死，我也能做好。这不是吹牛。我年轻时做过四年老师，刚上讲台也很害怕，语无伦次。半年以后，面对几十个年纪比我还大的学生，教材没什么意思，二十岁出头的我，肚子里没什么货，可也能扯上一个多小时。我有个同学比我更惨，实习时，他埋头念写好的教案，45分钟的课，他10分钟就念完了，然后师生面面相觑。学生无所谓，他却吓哭了，人家也教了一辈子书。

活着不容易，伤自尊的事经常发生，就算是古代的皇帝，看到对自己不友好的舆论，也会伤自尊的。为生活，为陌生人，都可以伤自尊，丢一点脸，为了自己爱的人，就更不要吝啬了；否则，回想起来，因为自己胆小，错过了一个爱人，那很难原谅自己。

加油吧。

爱的初心，初心的爱

一位19岁的女大学生，暗恋图书馆一位爱笑的学长，送了小礼物，拿到了联系方式，心情有些忐忑。这件简单的事在评论区“炸”出了一堆幸福的人和一堆幸福的回忆。

我把事件浓缩一下，你会觉得惊奇：啊，人们为什么会被这么简单的事打动?

因为爱的初心就是这么简单，人人心里有，人人可以理解。

初心是刚开始的心，是初学者的心，是出发者的心。简单，但是包含后来的一切。

爱的初心就是，我喜欢你，我想和你一起玩。人人生来就有这技能。

小小孩是最会交朋友的，因为他们善于表达爱的初心。

有一次傍晚散步，在小巷里遇见一家三口，一对小夫妻和他们的小小女孩，小得就像行走的洋娃娃。当街灯忽然把她的影子打在她身前时，她慌张地后退。

她妈妈赶紧安慰她 :“别怕别怕，我说过的，影子是你的好朋友。”

他们继续往前走，经过一家牛肉面店，店门口一位小姐姐坐在小桌子前吃牛肉面。

小小女孩忽然站在小姐姐身前，鞠了一躬（也可能是没站稳），说 :“姐姐，你好！”

小姐姐根本不理睬，继续吃面。

小小女孩等了一会儿，小姐姐始终没回应，一家三口慢慢走掉了。

这种事情不会发生在成人身上。某种程度上，是因为成人的顾忌多了，胆怯了，或者讲礼貌了。我们每天遇见很多人，对那些眼缘好的，并不会贸然上前说 :“姐姐，你好！”说了，别人不安怎么办？说了，得不到回应太丢脸了。

但是交朋友，喜欢一个人，你总要说一句 :“你好！”

观察一下小时候交朋友的原型，就知道怎么开始了，被拒绝，也不是什么大不了的事。

很多恋爱幸福的人，可能都会庆幸，是自己当初壮足了胆，表达了自己的喜欢。

而幸福的恋爱要延续，要成长，难度更大。很多人慢慢对彼此冷漠了，互相厌倦、互相指责了，甚至多说几句话都不耐烦。怎么慢慢滑到这一地步的？可能也没发生什么巨大的变故，只是在一起久了，忘了是怎么出发的。

而生活的压力又是那么大。孩子，车子，房子；贷款，升迁，竞争。成年人的世界，并不是爱笑就能解决的，所以成年人越来越不爱笑。逃避压力令人有幻觉：如果没有身边这个人，可能就轻松了，就自由自在了。

其实，没有爱情，这些压力一样在。去当和尚、尼姑，也有压力。甚至没有爱情，压力更大。有一个人爱你，是世界美好的重要原因。

逃避是没有爱的。爱的消失，就是从逃避开始的。逃避责任，逃避压力，逃避竞争，逃避一句“我爱你”。逃避就是忘了爱的初心，忘了当时为了说出“我喜欢你”，积蓄了那么久的勇气。爱是主动的产物。只要有一个人一直逃避，当初爱就不会发生。

当一个人压力大时，当一个人失意时，他总以为，年少时的单纯才是真的：那时候相爱，你只爱我的笑，无忧无虑。他希望时间永远停留在那一刻。

这是逃避改写了回忆。爱可能是年少时的约定，从那时起，彼此喜欢的两个人一起往前走。但这约定的维护，却并不轻松：我要有能力、有毅力一直配得上你的爱。

人生的任何一个阶段，都可以爱笑，无忧无虑。只不过，这需要你力量越来越强。

当你认输逃跑，逃回年少时光，以为爱情应该是轻松的，那并不是在赞美年少时光，而是用半生背叛了年少时爱的约定。你忘了自己爱上一个人的初心：为了他（她）的笑，我可以做一切努力。

幸福的人都是相似的，他们没有忘了自己最初的样子，当时暗暗下了决心：因为爱，我永远不会逃避。

爱是一个肯定体系

教育最重要的功能就是唤醒一个人内在的成长欲望和力量。

同样是爱，但父母之爱特殊

“孩子不优秀，我是不是也不必责任感那么强，可以放弃他?”

这是一位为人父母者的疑问。我们曾经谈道，在爱情中，对方没有达到你的优秀标准，尤其是对方其实很烂时，你不必责任感过强，尤其不要起拯救他、改造他的念头，分手是最佳策略。

这位为人父母者的疑问，特别好，把不同类型的爱理清楚，在两类爱中就都不会犯错误。

关于父母之爱，有一条留言令人动容：

跟大家分享一下一个学渣孩子的妈妈的心路历程。我们家大儿子小学一年级，这一年鸡飞狗跳、焦头烂额。为了读这个学区最好的小学下血本买了学区房，从小给他报各种兴趣班，陪他玩耍、带他四处旅游，每天烧各种好吃的。作为母亲，我觉得自己至少可以打80分。然而，小朋友资质有限，从小学什么都是垫底的，小学这一年，别人都是优，我们良、合格、不合格、待评啥都有。我在痛苦和失望中挣扎了好久，也曾经痛哭流涕，觉得自己这么努力为啥养出来的孩子还不如人家啥都不管的。后来终于接受这个现实，这个孩子就是资质平庸，情绪敏感，脑子不灵活。再也不想着上民办上名校了……做好了最坏的打算，就是让他学个技术能养活自己。做了最坏的打算以后，慢慢就放缓了脚步，劝慰自己不要焦虑，陪伴他慢慢成长，孩子一点点的进步都可以让我很开心。他不聪明但是他很努力呀，脑子不灵活但是记性好呀，性格很敏感但是对妹妹很好呀，学啥都不擅长但是兴趣广泛呀，学区房对他来说没啥用但是价格翻倍了呀。他的同桌是学霸拿奖拿到手软，有时候他会很羡慕，我就鼓励他："你努力学习，每一天比以前的自己进步一点点就非常棒！"有时候他外婆会劝我别那么费心费力，这孩子资质有限没有用的。我会对她说："我努力了以后就不会遗憾，即使他成不了才，至少我们都对得起自己的心。"这个孩子在未来的学习生涯中，很可能还是会一路垫底，但是我会做个坚强的母亲，鼓励他，陪伴他。

这是教科书一样的父母之爱。

父母爱孩子，同样是爱，却很特殊，它不只是体现在爱优秀的孩子，更多体现在爱不优秀的孩子。

优秀的孩子不缺爱，爱优秀的孩子也不稀奇，不仅父母爱他，同学老师也爱他，以后同事老板也爱他，当然，也有更多异性爱他。

不优秀的孩子缺爱。出了家门，他很难得到更多的关注。在很长时间内，父母对他的爱，可能是世上唯一的爱，是他的庇护所。这爱很重要，像食物一样，是成长的必需。是的，他在成长过程中，需要得到5 000次拥抱，听到5 000次“我爱你”。

这是基因的伟大功能，孩子身上，有一半基因是你的，基因驱使你把爱用在他身上，而不是用在邻居那个更加优秀的孩子身上。

父母之爱，使你必须承担拯救孩子、改造孩子的责任，即使这无比烦琐沉重。你的任务是在自己能量耗尽之前、在孩子成年之前，将一个不优秀的孩子培养成一个能够自食其力的、受人尊重的人。

父母的培养有一个重要的点，是让孩子明白，世上其他人并不会像父母一样对你，得到他们的尊重，不是无条件的。干净礼貌有界限感，是基础，有条理有效率地把服务做好，是核心。

也就是说，父母之爱包括告诉孩子，其他爱与父母之爱不同。恋爱是残酷的淘汰制，你不够好，就出局。

父母之爱容易犯的错误是：

1. 将自己的懒惰怪罪于孩子不够优秀：不是我不想爱你，是你太笨了，让我太累，让我绝望。爱从来都不轻松，想轻松地爱，想让孩子具备所有条件你再爱，那就说明你没有爱他的能力，你只是想生完就逃避。

2. 将溺爱当成爱。溺爱轻松愉快，因为不需要承担一切教育之苦，像吸毒一样暂时非常快乐。在溺爱的幻觉中，已经废掉的孩子在父母眼里也是全世界最珍贵的宝贝。

所以，父母之爱最致命的错误，反而是放弃。父母之爱的核心，是对不优秀的孩子的坚持。这刚好与恋爱相反，恋爱对不优秀的对方，不必坚持。恋爱其实像公司招聘一样，有门槛，不合要求的，则说明之前的成长与教育不到位，你不必浪费时间替他补课，也补不了课。

用恋爱的方法来对待孩子，则易犯逃避的错误。孩子不时会让你想放弃，一年少说也有几十次吧？父母之爱开始的不放手，培育孩子具备基本素质，是为了最后在他成年时放手，让他能够开始自己的人生征途。

用爱孩子的方法来恋爱，则易变成“圣母”，他越渣，我越得挽救他，一遇渣人，就会母爱泛滥。恋爱的放手是因为要求对方具备某些基本素质，最后是为了找到一个值得不放手的人，一起走完人生征途。

不同的爱，有不同的方法论。爱是知识，得不停学习，得清楚适用范围。只凭借本能，那可能把所有的爱都搞砸，一生不开心。

爱是一个肯定体系，给了肉体，还得给灵魂

我们为什么爱一个人？

你为什么爱你的妻子，爱你的孩子，爱你的朋友？

那是因为他们身上有太多你喜欢的品质，你肯定他们。爱本质上是一个肯定体系。

爱一个人，等于肯定一个人。

你否定一个人，等于你不爱一个人。

孩子一生下来，你就爱他，他刚从你的肚子里离开，他长得像你，他通过基因肯定你们，你也迅速用兴奋、微笑和拥抱肯定他。

繁殖与抚育那么辛苦，绝大多数人还是甘之如饴，因为得到了一个新生命的肯定，自己有被需要、被爱的感觉。

孩子与父母的第一次相遇，恋人间的第一次动心，不过都是你肯定我、我肯定你。

那些爱慢慢消失的人，最后共同的终点是我否定你、你否定我。

孩子刚出生，整个妇产科几十上百个孩子，你最肯定他，你只喂他奶，你不太关心隔壁床那个更漂亮的孩子。仅仅过了几年，到他上学时，你就只夸别人的孩子，处处否定自己的孩子，你的爱消失了，然而你并没有意识到。你这个负心人！

你一定遇见过否定你的人，他攻击你、挖苦你、嫉妒你，他让你不舒服。对他们，你亮出爪牙，让他们痛一下，然后远离他们。同样的道理，你攻击、挖苦、嫉妒你的孩子，为什么还指望他爱你？你否定他，他怎么会肯定你？

爱一个人，是建立一个肯定他的体系。

首先，是物质上的肯定，你供给孩子食物、衣服和房子。这一点几乎所有人都做得到。大多数人也停留在这一层面，以为足够。

其实并不够。

更重要的是精神上的肯定，你供给孩子的情绪、态度和观念是什么？你悲观、软弱、短视，那么，你就是一个精神上的否定之源，孩子向你请教，与你交流后，垂头丧气，像一颗新苹果挨上了一颗烂苹果，他怎么可能持续爱你呢？他对你，小时候只有畏惧，长大了只剩怜悯而已。

精神上的肯定更重要，成本却远低于物质上的肯定。一个人观念的改变，可以说是零成本，只要你意识到了，改变就即刻发生，几年之后的你，仿佛再生了一次。

这任务似乎很重，也应该很重，得到一个人的爱，当然不容易。

但这任务也不重，你并不需要很多钱（有当然更好），你也不需要是思想家（是当然更好），这是普通人都能完成的任务。

有一位读者的留言提供了一个模板：

> 看完文章突然觉得我的父母是大山深处最好的、最有远见的人。他们文化低，小学未毕业。只是期望我们兄妹三人多读书、读好书，不要像他们一样，吃了没文化的亏。我们三个也不负所望，都考上了很好的大学本科。父母从未拿我们与别人家的孩子比较过，反而会去向成绩优秀的孩子的父母取经，然后回来转告我们。父母是乡里乡亲公认的劳动模范，一年到头都是6点起床，无论刮风下雨。这些年已经挣下一些钱，养老足够了。并且在我们三人买房时给了很大的帮助。现在我们兄妹三人都已成家立业。但是他们俩没有要休息的意思，依旧起早贪黑打理果园、做小生意。有时候我觉得他们好辛苦，劝他们好好休

息。可是每次给他们打完电话我都放弃了这种想法，反而被他们的热情所打动。爸爸会告诉我他这个月挣了多少钱，下个月的目标是多少。妈妈会告诉我她的果园果树长得很好，会丰收。他们对生活、对土地充满热情。很感谢他们一直以来给我们指明方向、鼓励打气而从不干涉。

这对父母做到了什么？勤奋，肯定自己的孩子，热爱这个世界。做这些事门槛不高，大山深处一对小学没毕业的父母都做得到。对世界乐观，学者可以写一本书阐述，父亲做好小生意，母亲热爱果园，也能阐述同样的观点。

给了肉体，孩子不一定永远爱你，他的追求终将超越肉体，他需要对这个世界的态度，你还得给他灵魂。

最常见的毒害孩子的话题

中国人教育孩子，很多不惜血本，这可能也是中国能够保持足够竞争力的一个重要原因。每一代人身上，都集聚着上一代的财富与精神。而一个出色的孩子，造福的不仅仅是他的父母家人，甚至能够惠及一代人。

疯狂地争取优秀学校的资源，学区房价格一路飙升，这就是现代版的孟母三迁，只不过现代孟母难当，搬迁不是那么容易。

近十年前，有采访问我：世界会不会变好?

那时我已经是个理性乐观主义者了。当你慢慢看透世界的本质时，你一定会变成坚定的理性乐观主义者。我的答案是：世界会变好。

这是我给出的简短原因：大奸大恶之人，小偷小摸之流，他们在家教育孩子，也不会教他们放火杀人，和好人家一样，教的是天理，是良俗。人类的孩子，基本教育都是好的。

当然，孩子毕竟受父母影响最大，父母的优点与弱点，气质与性格，多少要反映在孩子身上。孩子最重要的老师是父母，学校只能起到辅助作用，教育孩子相当于父母的自我教育。

父母在堕落，指望孩子飞升，这相当于在小鸟翅膀上绑石块，它怎么飞得起来？

抢劫盗窃，这种量级的堕落，人人知道不好，反而好避免。

一些小堕落，带有小便宜、小确幸、小欣喜，在家庭生活中高发，才是真正的毒药。长久下来，父母嘴里正确的道理，孩子未必当真。

有这样一则留言：

连岳老师，我现在都31岁了，昨天又被人嘲笑情商低。昨晚在饭店吃饭，友人家熊孩子把饭店杯子摔了，我叫来服务员清扫地面，同时说把杯子记账上，一会我们付钱。结果友人说我情商真不是一般的低，人家没说要我们赔，哪有主动说的。老公也说我，一个饭店连孩子都包容不了的，那怎么叫服务行业。他们从开吃一直嘲笑我到吃完。说实话，以我的智力现在也理解不了什么叫高情商。饭店是服务行业，可没必要包容我们带去的熊孩子给人家造成的损失呀。孩子会犯错误，我们负责就好了。老公说我这么一板一眼，人家看到就想欺负的样子。老师，什么叫高情商，有相关的书推荐吗？

几个成年人对这件事的议论，孩子全程旁观。损坏他人物品、主动赔偿的行为，被取笑，被视为情商低，受到纯粹负面的评价，搞得做对的人灰头土脸，真以为自己情商低。

这孩子长大，面临同样的情况，当然就要表现出所谓的“高情商”，处理套路是这样的：

1. 虽然我们损坏了他人的物品，但是别人不索赔，我们决不先认错；

2. 即使我们错了，也不要认，可以转移焦点，把问题转为批评对方不宽容。

有这厚脸皮，有这狡辩术，在此类事件中，是一定能占到小便宜的，可以省掉几块钱的赔偿费。一般饭店的杯子，能值几个钱？你流露出了不想赔的想法，估计饭店老板也就算了，不会跟你计较。

我绝不怀疑，你用同样的策略，可以占一次又一次此类便宜，这边三块，那边五块，一辈子加起来，也能搞个三五千块。

这种占小便宜的快感，是普遍存在的，洛克菲勒在家书中，也劝诫儿子不要做这种事，大企业家绝不应有占小便宜的喜悦。他回顾自己在早期艰难的人生中，也没有起一点占便宜的心态，更不会在孩子面前对占到便宜表现得沾沾自喜。

这位主动赔偿损失的姑娘，是个高贵的人，是个很好的教育家，是洛克菲勒级别的。她，才是真正的高情商。

损害别人财物，亏欠别人，因为价值小，耍赖、狡辩大多能逃避责任。利用这点占便宜，这是低情商，你毁掉了孩子的格局，让他变得像你一样。

许多父母长辈，在孩子面前谈起占小便宜，喜形于色，简直就是家庭的常态。孩子在这种氛围中长大，能有多大前程？

你若遇见这种事，饭店老板宽容大度，不让你赔偿，我也建议你真诚道歉，并坚持赔偿。因为这是在教孩子讲道理、敢负责。

只有父母，才能真正毁掉孩子。所有父母都应像洛克菲勒一样，以在家里谈占便宜为耻。

父母无论有没有能力，传递焦虑都是最差的教育方法

人有一个最重要的责任，就是让你的配偶、让你的孩子、让你的家人朋友感到幸福。

世界上人那么多，他们恰巧出现在你的生活中，彼此陪伴的时间最长，你把有限的时间和爱多给他们，这才合乎逻辑，他们才有理由觉得幸运。否则的话，你对他们最苛刻、最没有耐心，出门是好人，回家是坏人，那你的家人就有理由觉得倒霉，他们选择了你，你却是痛苦的来源。

刚刚开学，可以看得出来，很多父母很焦虑。担心孩子学习不好，没有竞争力，将来活不好。

这焦虑可以理解，父母希望孩子有远大前程，再正常不过了。但怎么对待这种焦虑，却能区别出高下。坏的教育者，希望迅速将焦虑传递给孩子，他们大吼大叫、讽刺挖苦、消极否定。发泄完了，自己情绪得到缓解，但孩子变得更好了吗？

没有。理论上更不可能。

一次否定对人心理的杀伤力，要通过多次肯定才能复原。如果否定是常态，那意味着肯定很少，或几乎没有，复原的可能性就变小。

处于这种环境中的孩子，并不是一定会毁掉，有些孩子的生命力超强，再加上一点运气，也能长得不错。但在否定性环境里长大的孩子，被毁掉的可能性还是比其他孩子大得多。

你焦虑，否定孩子，孩子紧张，表现差，你更焦虑，否定升级，孩子更紧张，表现更差。这是一个自我强化的毁灭过程。

成熟的标志之一，就是不害怕生活中每天出现的压力与烦恼，一件件解决就是了。你不会把焦虑传递给孩子，指望他们替你承受。

举个极端的例子吧，如果你的孩子天生有重病，一辈子无法独立，需要你的照顾，你会抛弃他吗？绝大多数父母会接受这个命运，承担起责任，他们不可能天天责怪孩子得了病，没出息。与这样的孩子比，你的孩子成绩一般，有这样那样的缺点，你有什么理由不接受呢？

有个好朋友，有一次和我聊到这个话题，说："对于孩子，我当然会尽力，但教育不是尽力了就一定有回报。他能力一般，我也没什么不能接受的，因为我能力强啊，会给他很高的生活起点，不愁房子不愁钱。他生在我家，是他的幸运。"

这话虽然财大气粗，一般人听了不舒服，但道理是对的。

父母有能力，把自己的价值观与方法论传递给孩子，他往往也变得有能力；即使没有，父母的能力也能让他有好的起点，受到保护，所以，没什么可焦虑的。

父母知道自己能力弱，不怨天怨地，无为而治，也没什么可焦虑的。你可以为孩子烧个小菜，陪他聊聊天，反而有了好父母的模样。

传播偏好坏消息，所以每天有很多焦虑，任何一件坏事，概率再小，都能被夸张成就要发生在你身上，感觉世界随时要完蛋。要知道世界的基调，是人类正处于最好的阶段，随着技术进步的加速，未来还会更好，坏事发生在我们身上、发生在我们孩子身上的概率也在变小。有这个大局观，你就不会被每天传播的坏事吓破胆，以为孩子不是个超人将来就活不好。

放心，孩子将来会活得好的。你我皆凡人，我们也活得不错。我们的父辈祖父辈，其中不少聪明过人，也就为温饱挣扎，一生艰难。活得好不好，个人的努力是次要的，时代最重要。

当你爱一个人，你应该觉得遇见他是幸运。

不要那么焦虑，你的孩子，是幸运的一代人，又幸运地生在你家，要让他感受到双重的幸运。

那些孩子喜爱的父母的品质

孩子应该懂得讲理的规则，那只是硬币的一面，另一面，是更受欢迎的父母的品质，我想，大概有这些：

1. 乐观。乐观不是天生的属性，乐观是理性的后果。人类的一切都趋向于更好，从物质到精神。这意味着孩子将来的机会与选择比现在更多。要知道，并要记住这条规律，这样你才会慢慢克服悲观倾向，成为真正的乐观者。

2. 会开玩笑。不要天天板着脸，也不要时时灌输意义，不要把生活搞得太沉重。开开玩笑，你喜欢逗孩子开心，自己也会开心。

3. 耐烦。学习是一次又一次重复，一次又一次试错，人是一架缓慢的学习机器，基础学习都长达十多年，急功近利，指望一夜之间有个新孩子，那违背学习规律，除了增加焦虑，没有别的好处。学习就是耐烦，不耐烦的父母，很难有耐烦的孩子。

4. 不要挟孩子。父母深知，孩子在很长一段时间里，离开自己就活不下去。“有本事你就滚出去！”“看谁家好你就去吧！”这类要挟孩子的话还是不要说，制造恐惧有利于暂时的统治，但它也最容易摧毁你们之间的信任。

5. 会道歉。人有局限，有误判，有情绪，犯错是必然的。正如孩子会委屈你、错怪你，你也一定会委屈他、错怪他。错了就大方认错，向孩子道歉，说声对不起。真诚的道歉能够修补错误。塑造一个“永远不犯错”的父母形象，以为这样才有威信，错了也要狡辩，用“我是为你好！”当借口，这样孩子心里更气愤，最后拒绝沟通也是正常的：反正你总是对，错了也对，那还有什么可说的呢？

6. 不要提孩子做不到的要求，过高要求是冷暴力。下面这个孩子留言中的母亲就是样本：

连叔我现在13岁了，还有21天就小升初了。我从全班第28名进步到第7名。但是我获得了这样的结果，母亲不但没有表扬我，还叫我在6天内考到前三，并考上我们市里的第一中学的自主招生。我现在丈二和尚摸不着头脑，不知道怎样学才能考到前三名呢？连叔你说我怎么办呢？

提一个遥不可及的目标非常容易，一句话而已，但对做不到的孩子来说，就是长期的精神折磨。并不是每个孩子都有能力考第一名，你非让他考第一名，他只能崩溃。

7. 接受普通的孩子，也接受普通的自己。苛求孩子，往往是因为接受不了自己。你并不喜欢普通的自己，你觉得你的人生应该更好，孩子应该替你逆袭。运气好，孩子有这能力，你的焦虑或可释放；孩子如果像你一样，也是普通人，你的仇恨就会加深，仿佛孩子毁了你。接受你自己，接受你的孩子，多数人终究只是普通人，这样才能平和。

8. 要有自己的人生。不要把孩子当成生活的全部，你们是一场要散的聚会，孩子有自己的人生，你也要有自己的人生。你有自己的追求、自己的事业，这样才可能放手，不然难免有怨恨：我为你付出了一切，却什么也没有得到。

9. 对孩子好一点。想想自己是孩子时有什么委屈，尽量避免在他们身上发生。你在童年时受到善待，那为什么不善待你的孩子？你在童年时没有受到善待，那更应该善待你的孩子，那可以补偿曾经的你。善待你的孩子，你曾受的伤害才会消失。

当老师不容易，道理讲透也不容易

人的成才很难，需要整个系统一起工作，孩子自己、家长和老师，谁的努力都离不开。

一个人成才了，孩子和家长都不会否认自己的努力，可一个人没有成才，老师可能要背很大的锅。所以，当老师并不容易。

有一位老师描述了自己的困境：

我的学生的父母们，那些受欢迎的父母的品质十之八九都是一条未中，把孩子交到学校后，还希望出来一个优秀的孩子，出不来就责问老师。这几天筋疲力尽，想放弃，但是又一想，我的学生走了这一届还有下一届，可他们的高中只有一次，所以还在咬牙坚持。我的坚持有意义吗？换着花样给他们讲道理，我自己做榜样，鼓励他们每天进步一点点，蜗牛也能到塔尖……可到头来一个班五六十人就三四个人学，其他人的智慧都用来逃课、旷课、请假、藏手机……高二下了，很想哭，为什么着急的就我一个人？

他说的应该是普遍现象。

教育中，有些情况是老师无法改变的：

首先是测量标准，只有局部的效果是可测的，它通过分数和升学率体现。大多数效果并不可测，习惯、品格、好奇心，这些无法测量，但却是教育的重要内容。一个好老师，往往在不可测的方面下了功夫，但是成果并无法被人看到，从这点来看，老师的努力很难得到激励，多少会沮丧。

然后是义务教育。义务教育中，一些不想读书、不会读书的孩子在学校里，他们的精力往往得通过捣乱来发泄，学校无法开除他们以维持秩序，当这类学生超过一定比例时，就会失控，能量再大的老师也无法工作。

说这些的意思是，希望老师不要过度揽责。尽到了自己的责任，但孩子最后没有成才，并不是老师的失败。

老师能够做的是什么？

道理肯定要讲，决定人一生的，不是什么高深的学问，都是一些简单的原则，它们只有通过不停地复述，才能在孩子心里留下种子。有些孩子，种子马上会发芽，看得到成效。有些孩子，种子可能要几年、十几年后才发芽。那时候，老师看不到，并不能享受成就感，这就是教育的特殊性，播种者看不见收获。

有哪些道理可以反复讲呢？

1. 健康很重要，要有锻炼的习惯。周杰伦的歌《不爱我就拉倒》因为一句歌词，被人嫌弃，我却觉得是他最好的一句："哥练的胸肌，如果你还想靠。"胸肌、腹肌是值得炫耀的，是可以拿来唱的，孩子们练出这些肌肉，也是学习的过程，同时锻造了自己的意志力。健康、健壮和力量，有价值。

2. 学习是一生的事，不是高考完成就停止了。现在落后并不是世界末日，将来的生活与工作，也需要在学校得到的学习技能。你碰到自己更擅长的领域时，肯定能享受到学习的乐趣。

3. 研究行业内最出色的人。你喜欢的任何行业，都有偶像级的人物在教授方法。你喜欢篮球，顶级球星身上的自律、坚韧就是你需要的。向最出色的人看齐，这样兴趣永远引领你的学习。

4. 独立即可自由，是很爽的事。被家长管、被老师管，很不舒服？是的，不过这意味着独立很值得追求，你能为自己负责，你能养活自己，独立就到来了。依赖家长、依赖他人，则永远不可能独立，永远不舒服。

5. 自由需要能力。他人需要你，他人尊重你，他人信任你，这就是能力。造火箭的有这能力，送快递的也可以有这能力，人人能做的小事，也能分出高下，体现能力。

6. 有信用，眼里有活，这是无敌的立身之本。履行承诺，主动多做一点事。经过刻意训练，几乎人人都做得到。有这品质，去做任何一行，都能出色，因为占小便宜的、偷懒的人实在太多了。

可能还有其他许多道理，但是我想能够让学生知道以上几条，甚至一条，都是功德无量的事，足以问心无愧。

你爱你的孩子？那最好成为他的偶像

陌生人更容易成为偶像，陌生的国度更容易成为理想国。这往往是一种心理现象，代表着一种心理弱点，但却有仰慕的表象，比较难甄别。

在人们的议论中，经常可以听到这样的对比：中国孩子读书辛苦，外国孩子读书轻松；中国房价贵，外国房价便宜；中国人工作辛苦，外国人基本在喝咖啡；中国人看病难，外国人医疗免费。只要稍微了解一下事实，就知道其虚幻。甚至不需要知道事实，只要有简单的逻辑推理就可证伪：凡好东西，必然稀缺，凡稀缺之物，必然不可能人人拥有，只有在竞争中胜出的人才可得到，而竞争，就要吃苦。

要上好大学，要住好房子，要看好医生，你到世界任何一个角落，都不可能轻轻松松得到。但任你怎么解释，有人永远相信某一个地方是伊甸园，这无关事实，这是逃避加自卑制造的安慰性幻觉，也是落后久了的心理劣势。不管三七二十一，先自我贬损一下总是不会错的，总是能够显示自己在追求更美好的事物。

这是让自己变弱的坏习惯，久了就变成一个愤世嫉俗而又一无所长的人。改变这点，需要学会从熟悉的人身上发现力量。

一位朋友在留言区描述了他父亲的力量：

> 我5岁的时候，妈妈得了很重的肾病，全身浮肿，不能下床，无法端起空饭盒。现在看这病可能不算什么疑难杂症，但是当时走遍全国，只换来医生的一句“最多活十年”。我的姥姥和姥爷得知后双双癌症病发住院，一年间就相继去世。
>
> 我想说的是妈妈重病的两年，三餐需要无盐饮食，只有爸爸一个人操持全家，照顾姥姥姥爷。关键爸爸在单位的工作样样第一，哪怕是清扫卫生，连值班都把我带在身边。
>
> 现在四十年过去了，妈妈的身体不知什么时候康复了，虽然每天都要大把地吃药，但是无异于常人。而且一家人都十分幸福地生活着。我每每与爸爸谈到最艰难的那两年，问爸爸是怎么坚持下来的，而且连

清扫卫生都不糊弄，爸爸说："你那么小，就很懂事，知道看我的脸色说话。我怎么能倒下？当你习惯把自己当成一个机器人，在你眼里就没有什么清扫、工作、照顾家人的等级之分了。"当时爸爸1.76米的身高，体重只有100斤，累得皮包骨。

家里那段经历，以及爸爸当时拼命的状态，一直深深影响着我，很多时候我觉得很糟糕的状态，都拿来和当时比，然后以爸爸为榜样，坚持下去。

这就是我理解的，活下去、活得好的意义。

这样的父亲，意志与力量，会传承给孩子。见识过强者的孩子，自然容易成为强者。在教育中，一再强调的言传身教，说的就是教育者，尤其是父母必须成为榜样。没有身教，言传的效率低，还会让孩子困扰："你自己都做不到，为什么我必须做到？"久了，他就会轻视熟悉的人，认为他们什么事都成不了，美好的人与事，都在陌生的地方，弱者心理就养成了。有不满、有压力、暂时不能满足时，他就开始描述想象中的伊甸园，现实总是错的，嘴上说说过个瘾就行，因为自己熟悉的人就是只说不做的人。

人在熟悉的环境中，是难以隐藏自己的，一定只有那些真正让人佩服的品质与能力，才能得到承认。教育表面上有各式各样的技能，但其本质就是真诚。失去真诚，套路再多，对孩子都没什么正面的影响力。你成为你孩子的偶像，成为他的力量来源，让他在熟悉的当下，就有方法与工具，这可能是教育的最大成就吧。

教育嘛，适当得罪是难免的

除了极少数特殊的情况，孩子都是可以教育好的。

孩子教育好，有什么标准？

一是发挥出了该有的能量。他聪明得能上一流大学，就上了一流大学；或者他只有60分的能量，考了65分，这是一个寒酸的分数，但他用足了自己的能量，就是光荣的分数，那也证明教育得好。

二是他自然而然地遵守公序良俗，诚信，自律，不欺骗，干净温和，不怕吃苦，善于合作。这些品质短期来看，平淡无奇，尤其在他是孩子的时候，其重要性将被聪明掩盖，但拉长至一生来看，它们才是核心竞争力。

那些能把孩子教育好的父母，我都很佩服，这说明他们本身有这些素质，而且他们很耐心地将这些品质传授给了孩子。教育是极其辛苦的事，一个人18岁才是法定的成年人，这意味着，此前的漫长时光里，他都处于受教育之中。那些基础的品质与技能，你得一遍又一遍说给他听，示范给他看，教了就忘，忘了再教，不停重复训练。其实过了18岁，教育还在继续，父母也还轻松不了。

在整个教育中，父母是核心。父母是两人教一至两个孩子，老师是一人教几十个孩子，精力分配就不可相提并论。学校教育最重要的是替父母完成了技能性的培训，各学科的知识老师教得比多数父母好，他们是专业的。在发挥出孩子该有的能量方面，他们可以多尽一点力。

但公序良俗、品德建设这块，谁也无法取代父母。父母品德有问题，或者做不好，孩子成长的风险就大一点，只能自己补课。

类似这种为难的留言，收到过不止一次：

连叔你好！是这样的，我有两个儿子，一个六年级、一个四年级，都处于青春期前期，现在各种自主思想萌发，动不动就说我同学那个谁谁怎样怎样。就比如手机，一般我们是平时不给，只有外出玩耍时才给，因为有时我们没陪着去，孩子是自己和同学去的。近来老是要求用手机，一说不给他们就说同学谁谁有。他们爸爸是绝对不允许的，他们就在我面前软磨硬泡，各种理由想方设法拿去。也是因为这些原因，我老公说我溺爱孩子，所以打算新学期开始，让他们回老家读封闭式学校，一周回家一次（周六、周日）。我是舍不得的，但也怕教不好孩子，因为他们成绩一般。非常矛盾！望你给个主意。非常感谢！坐标深圳。

这里叙述的事，其实并不大，孩子软磨硬泡是正常的，不然怎么叫孩子。主要是，父母的标准在哪里？父母的规矩在哪里？父母才是家里的主人，不是孩子，也不是别人家的父母，记住这点就好办。

孩子使用智能手机这个问题，我认为，应该让他们用。一是将来的社会运行依赖智能手机，应该从小了解；二是孩子的同学都在用，你的孩子一无所知，他和同学没有共同语言，天都聊不成。但你放手给孩子用，他大概率会沉迷，荒废学业。综合一下，孩子每天在父母的监督下，定时使用智能手机即可。

现在有些教育理念，无限吹捧孩子，认为要顺着他们，要给他们自由，他们能够自我管理，搞得有些父母无所适从，好像任何一丝纪律、任何一点拒绝都是在伤害孩子，结果孩子成了家里定规矩的，乱套是必然的。到了孩子失控时，又想着把他们送到某个地方关起来，甚至用电击，指望别人能够解决自己的难题。

父母是家里定规矩的人，定规矩的人不敢定规矩，那是失职，孩子什么能做，什么不能做，你说了算。虽然不可能每条规矩都那么合理，甚至还有错的规矩，因为人的能力毕竟是有限的，将来孩子可能会抱怨，但这也是教育的成本，免不了的，错了就道歉，改正即可。教育有约束、有纪律，会有一点点得罪孩子，但你不当这个“坏人”，谁也代替不了你。放心，孩子知道你是爱他的，爱伪装不了，爱感受得到。

金主该有的硬气，得有

昨天（2018年6月22日）在大学的操场上夜跑，晚上10点，仍有不少孩子在跑，边跑边想着一件事，还是决定帮一下这位母亲：

看连岳快一年了，很少留言。看到今天的题目想到女儿，女儿上大学也一年了，不知道为什么原来乖巧懂事的孩子，到大学了却一点听不进去大人的话。大一上学期竟然挂了两门重要科目。对她说多看看连岳，对她的成长进步有帮助。可她却说连岳这不好那不好。我说我这快退休的人了，看了连岳都有一种出去闯闯的想法。不知道她大学里都学的啥？出了问题推卸责任，不反思自己。连岳老师的文章总让人看到自己认识不到的问题。这大概是她不愿看连岳的原因吧。不愿接受别人的批评。

连岳老师，对这样的孩子怎么办？关键是她还不愿意和你交流。

首先安慰一下这位母亲，不听话不是什么坏事。孩子不听话这事，一定会到来，它是成年的标志。

人的自由意志形成，可以为自己负责，会有显著标准。大哲罗斯巴德认为，这标准并不是法律上规定一个年龄，比如18岁、20岁之类的，而是一个人第一次“离家出走”。当然，这不太好操作，只可意会，毕竟，绝大多数孩子从没有“离家出走”过，但他们长成了一个对自己负责任的人。

不少孩子有过突然不听话的阶段，甚至是刻意不听话，为了反对而反对，变成“杠精”。就像这位大一女生，从“乖巧懂事”变成了“一点听不进去大人的话”，从讲道理的角度，父母很难接受：大人还是那个大人，孩子也还是那个孩子，突然就不听了，大人也不太可能一下子全错了，尤其是让孩子看连岳，怎么会错？

把这种情绪当成是一种独立宣誓，类似于“离家出走”，就好理解了，这是孩子想为自己负责的标志。独立行为，第一个要反对的，往往是父母。高发在大一，还特别符合成长的逻辑。大一之前，孩子处于目标单纯的他律阶段，生活围绕着各类重要考试，最后是考大学。自己、家长、老师，大家的追求高度一致，独立需求被压抑得几乎看不到。到了大一，之前的压力全部消失，很容易有“人生从此轻松了”的错觉，自我一下子变得特别大，唯我独尊，转变之剧烈，让一些称职的父母有种被自己最爱的人背叛的感觉。当然，不称职的父母也特别难受，不过，谁管他们呢?

面对这种特殊时期的“不听话”，要克制讲道理的冲动，教育者的行为模式得作相应的调整，这时候要说得少一点。孩子觉得受尊重了，有独立的感觉了，对抗心理反而会下降。孩子读大学以后，建议父母的行为更被动一些，孩子寻找帮助，要尽力，孩子自己探索世界，要放手。

但也不是一点不说，彻底失控。人没有发疯，就意味可以和他讲道理，闹独立的孩子并没有发疯，是可以沟通的。

在生活中，我也劝过一些这样的孩子，我的理由是：你对金主要保持足够的尊重，达到他们的基本要求。非常有用，他们足够理解契约精神了，也厌恶不守信用，那样不酷。

父母资助孩子读大学，双方没签合同，但本质上是契约关系，父母出钱，孩子必须达到一定标准。中国人重视教育，往往把父母供孩子读大学视为必尽的义务，只能讲付出，不能谈条件，否则就是对不起孩子。没这回事，养到18岁，够意思了。付孩子大学的费用，不是义务。你是甲方，出了钱，有资格要求作为乙方的孩子拿出合格的产品。挂科是违约，挂重要的两科，是重大违约，可以理直气壮谴责违约行为，要求整改。不要不好意思谈钱，谈钱有利于讲道理：孩子，我出了你的大学学费，如果挂科，是你不尊重我，我可以拒绝继续付费，以后，请你自己负责。

该讲的道理，一定要讲，要讲就讲明白，不要含糊其词。孩子读大学之前，双方是契约关系这点要讲清楚：学业不达标，是违约；不锻炼，健康垮了，是违约。有这份无形的合同在，行为更规范，道理更好讲。

他律权，解决教育中谁说了算的问题

纪律与自由，这个关系不搞清楚，教育问题就不可能搞清楚，父母与老师这样的教育者，就容易陷入迷惑与怀疑，在层出不穷的教育理念中无所适从，感觉怎么做都是错的。

比如这位家长的困惑：

连岳您好！非常喜欢看您的文章，一直抱着学习的心态。有个问题想请教您：我有个9岁的儿子读三年级，每天晚上的家庭作业我都要过目一下，检查出错题我们就会一起分析改正，但是有的家长说孩子都三年级了应该放手，不要帮忙检查作业了。请问您怎么看这个问题呢？不知道我这么做算不算属于“不放过孩子，永远把孩子掌握在手里”的父母？（孩子成绩在班里一直都名列前茅，喜欢看书，我有时会读一些您的文章给他听。）

这种教育方式，没有任何错误。一个家长，能够每天检查孩子的作业，帮助他分析改正，相当于孩子有了一个专属的老师。家长的教育水准高，引导能力强，孩子不领先都难。这额外增加了家长与孩子的劳动，比别人更辛苦一点。孩子比他的同学，多了一块学习时间，因为出现的错误，还得到更多的批评。家长也少了娱乐享受的时间，每天辅导孩子，重复基本的理念与方法，考验耐心与耐力。能坚持，并能做得好的家长，并不多。如果你是这样一个家长，要知道自己的珍贵。

天天要人盯着，在被监督的情况下才能学习，必然走不远。但是学习，要从这种他律起步，也就是说，孩子在没人监督的情况下，不太可能变成一个自律的人，主动去学习。中国的传统教育中，先生有戒尺，有轻微体罚学生的他律权。现代教育当然禁止了这种权力，但他律的核心不能丢。老师不管孩子，家长不管孩子，孩子轻松快乐，但他也很难到达自律的阶段。一个无法自律的成年人，不会有终身学习的能力，甚至连准时上班都做不到，最后明知要被鄙视却无法自救。这是教育失败的必然结果。

他律的阶段有多长？整个未成年人阶段都是，一直到高中毕业。家长有管理孩子、下命令的权力：我是一家之长，我在养育你，我是定规矩的人。不敢坚持这种权力，并不是给孩子所谓的平等与尊重，而是软弱地不负责任，就像把智能手机交给孩子，不敢限定使用时长与时段，却指望孩子能够自发地抵制一切诱惑是一样的。

再引入产权概念来看的话，如果成年孩子来到父母家，或仍然接受父母的援助，那么，父母（产权人）就还有资格定规矩约束孩子，在谁的地盘谁说了算。

教育不解决谁说了算的问题，教育就无法完成，没有质量。在学校老师说了不算，在家里家长说了不算，一说就是伤害孩子，那就变成了教育幻觉：让孩子随波逐流，他就会成为人才。当然有人相信这样的理论，鼓吹这样的理论，这迎合懒惰的、无能的家长。不管理孩子，反而对孩子最好，这是多么美妙的幻觉。你永远不应该服用这样的迷幻药。

当然，这不是说父母就可以粗暴地强迫孩子，他律也是大学问，也有能力与效率的区别。做得好，孩子觉得你的指令有道理，他就能更快达到自律，他将用自由提升自己，而不是用自由堕落，这才是成功的教育。

不要无知地关闭孩子的阅读兴趣

有位妈妈说，她读小学的孩子和班上的同学迷上了《哈利·波特》，而孩子的班主任老师和父亲反对，认为《哈利·波特》没有营养。

我的观点恰恰相反，《哈利·波特》是一套很有营养的书，成长、友情、责任、担当、战胜逆境、正义必胜，这些主题都替家长作了讲解，而且融入一个精美诱人的故事里，笔触又欢快，带有恰到好处的英式幽默。我敢这么说，是因为这套书我也追了很久，每本都是一口气看完。虽然我不是孩子，不是J. K. 罗琳的目标读者，但仍然非常享受，而且为一整个时代的孩子有这样一位作家为他们写书感到幸运。

阅读并非人类的本能享受，它需要专注与耐心，是经由训练才能得到的本事。有没有这本事，又将人群作了区分，有，则你的智力资源是无限的，人类过去及现在的智力成就，你通过阅读智者写的书而获得，你将自己的大脑与一切智者连接。阅读建立了智力互联网。

没有阅读能力，只能依靠自己的领悟和身边有限的交流，多数认知还是错的，能力极其弱小。而且将伤害他们的孩子，当他们的孩子需要阅读指导时，他们并没有能力指导，糟糕的是，他们还特别爱指导，当他们的孩子津津有味地读《哈利·波特》时，他们觉得，这么投入、这么开心的阅读一定是有害的，他们会想出一串又老又累的作家名字，他们自己也没有读过，只不过是背过这些名字，以为这种痛苦的阅读才是阅读。不会阅读的人，反而以为阅读是苦行，应该时而大声背诵，时而满脸忧国忧民。这种指导只会让孩子厌恶。

阅读是快乐的。真从阅读中有所得的人，都是阅读享乐主义者。一个杰出人物的终生的思索、终生的成就，通过一本书，通过几句话，就传授给你，改变你的一生，世上有什么快乐能比得上它呢？你要付出的成本，不过只是读完一本书而已。但是很遗憾，对于有些成年人，即使你挑好了书递给他，告诉他，“这本书将带给你全新的分析工具，带给你全新视角，读完大有收获”，他也没有能力读完，甚至没有勇气翻开第一页。因为他从小没有享受过阅读的乐趣，读的都是教科书，伴随的记忆是无尽的背诵、作业以及考试。

《哈利·波特》的最大作用，其实就是让喜欢它的孩子很早就有快乐的阅读体验，而且是那么厚，字那么多的书，读完几本，阅读力不知不觉就得到了提升。孩子在成长过程中，自发喜欢一个作家、一本书，这种机会并不多，家长强行关闭孩子的兴趣，孩子发展阅读能力的机会可能就彻底丧失了，更可能成为一个不会阅读的人。

当然，这篇文章不是让你强迫孩子去读《哈利·波特》，而是说，当你发现孩子沉浸于某本书时，很可能是件值得开心的事，不要因偏见喝止与打压。

安静的孩子有力量，学会让自己安静

一个孩子能够安静，我对他的未来总是高看几眼。当然，一个成年人能够安静，也得高看。不过，在孩子时就有安静的能力，成年了也会有。

安静并不是内向、害羞、不敢表达，安静不等于沉默，安静更像一个人有静音键，他可以很快进入独处状态，屏蔽外部干扰，专注完成一件事。

东方，尤其是中国的思维力训练，很早就注重安静的力量。老子说过，静为躁君。安静是躁动的君王。一个人没有安静的能力，就像一个国家陷入暴乱一样，躁动的情绪将掀翻一切。

老子时代，信息量很小，完全无法与现在的信息时代相比，人现在一天摄取的信息量，比古人一生还多。但人们对安静力量的认识，却远远不如老子。于是很多人在信息洪流中惶惶不可终日，好不容易决定做一件事，别人一句无心的议论就会让他放弃，在这不停的摇摆与信息轰炸中，人彻底成为躁动的牺牲品。没有安静的力量，信息越多，人越悲惨。

歌德说过一句话很有意思。大意是，君王不必与百姓探讨如何治国，双方的思维层级不同，探讨不出什么有价值的东西，只会增加互相的不理解。如果把这句话理解成人要主动屏蔽无用资讯，就是很有价值的思维方法论。仔细观察一下，企业家就是这么想、这么做的。比如任正非先生当年决定悄悄研发芯片，以防万一，如果公开讨论的话，可能没人会赞同，但他对世界的非理性、对发生意外的警觉，可能让他预见到后来的极端状况。这或许是杰出企业家的第六感、潜意识，但是无法安静、无法独处，就捕捉不到这种信息，你甚至不知道自己想要什么。

任正非先生高度赞赏的乔布斯，有打坐的习惯。打坐，就是东方的安静艺术，中国人传统上也很擅长。打坐不过只是坐着，人人都会，但要把意念集中于一点，放下万千思绪，却并不容易。我在开始写一篇文章前，也会简单打坐几分钟，把自己情绪调整好，这很有帮助，有时候文章的主题都会发生变化，可能就是那几分钟的彻底安静，让更好的主题涌现了。

你未必要形式感这么强，安静能力有各种表现方式，打坐只是其中之一。把一本书读完，心无旁骛地做一件事，能够实现自己的长期计划，这些都是安静的力量。躁动也有各种表现，比如非常唠叨，非常虚荣，非常造作，非常渴望肯定。它们都是需要即时满足的症状，短暂的安静对他们来说，都难以忍受，人生那些漫长的计划的实现，少则几年，多则十几年、几十年，他们就更是无缘了。

一个人想做点事，想有所成就，就要经常训练自己拥有安静的力量，少一些无谓的话语与争论，一个人散散步读读书，独坐幽篁里，不要那么在意别人的否定与攻击。安静只能自生，不能他予，安静藏在自己的生活里，一定要找到它，否则，就会成为无力者，外界越丰富，自己越混乱。

要在这个嘈杂的世界，当一个安静的孩子。

如何陪伴孩子迎接高考?

儿子马上高考，却泄气了。晚上看小说，快11点才写作业。在这之前的几次模拟考都没有进步，孩子挺伤心的，说他只能这样了，对自己不抱希望了。看他情绪挺绝望的，不知如何鼓励，稍有一两句话没说对，就掉眼泪，要不就惹毛了。眼看着就要高考，他的状况让我心急如焚。连岳，我该怎么办？怎样才能让他重新鼓起勇气，不浪费这三十几天？前几天的小考一次不如一次，现在我们怎么鼓励都没用。

这问题有普遍性，仔细回答一下：

高考就要来了，除了成绩极差，家长、老师、孩子自己都已经彻底放弃了的那一部分学生，其他都处于焦虑状态。顶尖的学生，怕失误，怕生病，可上可下的学生，又怕失误，又希望超常发挥。总之，大家的精神都紧张，接受这点，这是正常反应，抗拒它，不承认它，反而增加恐慌，以为别人都淡定，只有自己害怕。

此时最重要的，是让孩子不被焦虑情绪压垮，尽量睡好吃好，顺利完成考试。家长多帮孩子减压，切忌继续加压。孩子要么掉泪，要么炸毛，这已经是压力极大的表现了。

鉴于孩子目前的情况，我建议由他去，为什么呢?

一是现在大势已定，经过三年的高中学习，水平已经确定了，最后高考的成绩，与平时的考试情况，基本相同。现在再来讲究学习方法，已经太迟了，反而有“我原来都做错了”的恐惧感，得不偿失。如果家长有好的学习方法，也不至于现在才来传授。

二是每个人都有自己独特的放松方式，只要不是病态的自残自伤，其他的就不宜指导。他写作业前看小说，就让他看，这能让他从当下的忧愁中暂时抽离。现在作业能不能写完，并不重要。

爱是接受，并不是过高的期待。对那些资质一般、成绩一般的孩子，大多数家长与老师喜欢诉说奇迹故事：某某某平时像你一样，但高考时仿佛神灵附体，超常发挥，最后上了好大学。这是大忌，因为这是冷暴力，是摧毁，是爱的对立面。

过高的期待是冷暴力。一定要记住这点。很多父母虽然从来没有打过孩子，但嘴里都是各类不现实的激励神迹，自以为是励志大师，可孩子心里却无比讨厌。过高期待极容易做到，不过动动嘴，做不到的人却充满失败感，你每过高期待一次，就等于张扬地羞辱他一次。

焦虑是精神病毒，它会传染。焦虑很难忍受，焦虑的人第一时间就想把它传递给别人。可这种做法就像感冒了去吻别人一样，被吻的会感冒，你自己的感冒也好不了。能够消化自己的焦虑，不传递给他人，这是精神健康与强大的标志。唠叨的父母，控制欲过强的父母，都属于不能够消化自己焦虑的人，他们只会把焦虑传染给孩子。

家长之所以是家长，就因为他是家的核心与支柱，可以决定家庭的气场。家里的所有问题，几乎都可以在家长身上发现影子。家长没那么好当，什么事都甩锅出去，家就变成一个霸道的家长和几个失败者的组合。

所谓做好最坏打算，就是需要家长先冷静下来，“心急如焚”的家长，一定会镜像般地搭个情绪失控的孩子。高考最坏的结果并不是受伤、牺牲，只是考不上好大学而已，孩子还是完整的孩子，是复读，是学艺，是工作，坐下来慢慢商量，大多数孩子是考不上好大学的，必须接受这个“最坏的结果”。

教育，养育孩子，总的来说，是接受失望的过程。父母对孩子，从他出生起，期待值都不会低，但绝大多数孩子只是普通人，父母得接受期待一次次落空，这就是那些伟大的父母之所以伟大的原因吧：我尽力培育你，但我也接受你只是普通的孩子。

这就是爱。

不要浪费这次高考，不要浪费这次失败

人经历一次高考很有价值。以中国现在的经济水平，绝大多数家长能够付得起高中的教育费用，所以，有高考经验的孩子越来越多。

批评中国教育、批评高考的声音很多，我倒觉得，没那么多值得批评的，或者说，教育中的一些问题并没有那么严重。语文教材你不满意？自己找喜欢的文章看就是了，很容易的事。好像对教育的批评，也多集中在语文。数理化，没什么人插得上嘴，批评的人就少。在我看来，语文教育最不值得批评，那基本是依赖自己多读多写的一门功课。一直到高中毕业，教育本质上就是扫盲，训练一些基本技能，更多还是要靠自己。指望学校给一切，这本来就是过高的要求，失望也就必然。

高考给人的震撼教育是：有些关键的考试将对人生产生重

大影响，必须面对，必须想方设法通过这个考试。对大学的嘲讽再多，也否定不了这个事实：一个好大学的毕业生，职业起点更好，机会更多，薪水更高，同学资源也更有价值。一次成功的高考是值得为之努力的。

但是，大多数孩子的高考是失败的，这怎么办？

失败也是资源，只是这资源更难发现，更难利用，很多人浪费掉了。

这是一位家长的为难：

> 孩子高考成绩很差，只能上专科，坚持要复读。我和他爸爸都不是很赞同。一方面复读心理压力大，另一方面成绩应该也不会提高太多，他自己也说最多是二本。连叔，该支持他复读吗？纠结中……

这事看起来挺令人沮丧的，孩子只考上专科，成绩是差的，复读一年，提升的空间有限，明年极大可能还是一次失败。付出金钱成本（这倒不会很大）和时间成本，值得吗？如果只看到明年的失败，那是不值得的。孩子本身没有意愿，我觉得不该复读，可以找个工作，在实践中学习了。

而这个事例中，孩子本身坚持要复读，这个因素挺积极的。教育最重要的功能是唤醒一个人内在的成长欲望和力量。

教育的开始，总是纪律与痛苦，是外在的约束；到最后，变成自发的成长，从他律走到自律，人成为一架永远在更新的终身学习机器。内在的成长欲望一唤醒，那么，就算开窍迟一点、起点低一点，在人生的漫长岁月里，高中这几年也都显得并不是那么重要了。

坚持要复读的孩子，得到的就不是明年的再一次失败，而是他终于想对自己负责，他知道懈怠、偷懒、无计划的危害，这些都是高考失败带来的心理资源。一个人懊悔的同时，也在产生力量，这种失败的反省发生在高考结束时，时间点刚好。太早，承受不起；太迟，浪费了过多时间。

高考成功的孩子从此放松，那是浪费自己的成功。高考失败的孩子从此放弃，那是浪费自己的失败。其实高考的成功和失败，都是得到同样的一个结论：成长并不容易，它需要长达十来年的积累。人生中，比高考难的事，多了，它们都需要你有内在的成长力量积累，达到突破点。达到更高的平台后，又要继续积累，周而复始，止于死亡那天。从这个角度来看，人生就是一场接一场的高考。

太快的进步不是进步

太快的进步不是进步，怎么理解这句话呢?

举个例子吧。很多人知道所谓的中彩诅咒，就是中了超级大彩票的人，一夜之间有了巨额财富，但他们往往很快败光财产，复归贫穷。

一夜暴富，这是财产状况上的迅速进步，但掌控财富的能力才是拥有财富的核心，你不会因为虚荣和炫耀而浪费它，你有投资的本事保护它，你有定力坚持自己的原则。没有这些素质，就驾驭不了财富，财富对你来说，只是个灾难，因为这将引来那些欺骗的、邪恶的力量。就像一个懵懂的孩子，天天让他带10万元现金出门，坏人一定会盯上他。

而慢慢致富，财富的增长与你的能力和品格匹配，它像你的发小一样，赶都赶不走。

所以说，太快的进步不是进步。财富如此，能力、名声，甚至关系的改善，也遵守同样的进步规律，慢都有其重要作用。

高明的老师知道，他话音刚落，有些孩子马上使劲点头，表示自己明白了，那反而要存疑，可能他们不自觉地运用了“笨蛋的遮掩术”。能力越弱的孩子，越渴望表扬的孩子，越沉迷这种自欺欺人。高明的老师此时往往会要求学生复盘，用他们自己的话讲述知识点，或用难度相当的题目再作检验，让进步太快的幻觉破灭，重新回到现实当中，一点点进步。

对人，对己，我们要努力成为这种高明的老师，才不会自欺欺人，才不会急功近利，才不会渴望一夜暴富，要始终对太快的进步保持警觉。

上文中提及的复读生家长，后来又有留言，告知了最新的进展，新的问题又出现了，很典型，可能也会出现在很多人身上：

> 今天忙着帮他找复读学校，刚刚才看到你的文章。没想到你能因为我的留言而又写了一篇，真是激动得不知该说什么才好。其实孩子也关注你了，我告诉他你回复了，他说他一看就知道是我问了，因为连叔是我的偶像。
>
> 可现在问题又来了，在回来的路上我说，既然选

择复读了，那就要把手机戒了，从现在开始就不再碰手机了。谁知道他却说要用手机读英语单词，到开学时才交手机，我不同意，他也不退让。我甚至说不交手机就不用复读了，他就发火顶我，说我不相信他，回来就把自己关在房间里，我看到真的是心寒又失望。我不明白坚持要复读，却又不肯舍弃手机（我认为高中期间手机是真的耽误他了），他到底是怎么想的，还该让他复读吗？

离明年高考只有300多天，第一天就在争吵中度过，再冷战两三天，1%的时间就浪费了。一年经不起几次这种折腾。这位家长，就是犯了太快进步病，孩子不马上变成一个新人，他就没有安全感。甚至因为一点小事，就马上要撕毁协议，这也等于把自己逼上了绝路。别人只出了一张黑桃3，你就王炸，这样玩非输不可嘛。你出一张4就行了，一个快成年的孩子说用手机背单词，这完全是可能的，他也要学习抵抗诱惑，增强自律。他做不到，你再提醒，再建议，孩子就愿意听。这种学习过程慢，但大家情绪平静，系统稳定，这样有利于进化。每天都亮剑，声嘶力竭，你生气，我绝望，彼此伤害，情绪发泄完又懊悔，懊悔完又过度补偿，这种动荡的系统，让大家都变得粗陋。

人的进步是缓慢的，一天两天看不出来，甚至一年两年也看不出来，不然义务教育怎么长达九年？我一说你就明白，你一明白就迅速进步，这就是买彩票的心态，是搞不好教育的。要有耐心，慢慢来，孩子没那么顺从你，有自己的想法，说明他并不想骗你，不然用一用“笨蛋的遮掩术”，有什么难的。

要对你的孩子有耐心，你都没有，谁会给他？

如何放过孩子？这显示你的理智程度

我写过一篇《何时放过爸爸妈妈？这是你的成年礼》，文章后有这样一条留言：

> 我妈妈看完这篇后跟我说，实际上这篇文章题目可以反过来：何时放过你的儿女？她觉得当今还有很大一部分家长观念落后，依靠刚刚起步的儿女，儿女有苦难言。不知道您对这种现象有何见解？谢谢！

妈妈只要这样想问题，孩子一般是自由的。任何事情，只要穿穿对方的鞋子，从对方的角度考虑一下，迷惑就会少很多。这种方法的意思不是放弃自己的利益与立场，而是容易发现对方合理的诉求，沟通的效率会高很多。很多人感慨，当了父母才知道自己父母不容易，就是看问题多了个父母的角度。

而成为父母之前，必然当过孩子，只要他们不是那么健忘，他们就拥有孩子的角度，应该理解自己的孩子。

两代人之间的恩怨纠葛，相爱相杀，看起来错综复杂，其实就是个思考方法的问题，想清楚很简单。

看过动物纪录片的人知道，许多动物父母翻脸的速度极快，孩子一长成，它们就像不认识一样，以近乎暴力的手段将孩子驱逐，孩子是死是活，和它们没有任何关系，新一代都得接受自然竞争的考验。这不是动物思考的结果，它们没有这种思考能力，这是写在基因里的程序，也就是基因认为，这种方式是效率最高的。

人本质上也是基因的载体，从这方面看，不比其他动物高明多少。所以核心技术也是一致的，就是下一代成熟后，父母需要有个驱逐孩子的过程。

在极度贫穷的阶段，驱逐自然发生，童工很普遍，孩子只要有一点点能力，就得开始挣钱自保，父母想怜惜孩子也没有资源。很多父母也等不到孩子长大，就早早去世了。

随着平均寿命的增加、财富的积累，父母抚育孩子的时间越来越长，童工消失了，大学生越来越多——这些都不是法律强制的结果，而是经济发达的结果。这种演进也是为了让孩子生存能力更强，在高等教育普及的情况下，你的孩子教育程度低，竞争力就弱。但写在基因里的驱逐令，最终还是要执行的。违抗者，孩子一生啃老，无论是基因、财富，还是文化影响力，整个家庭的能量自然衰竭。如果你的家庭有一个竞争者，他最喜欢看到你们两代人之间纠缠不清，父母没决心，孩子没意志，抱团沉没。

孩子不放过父母，那是动物本能的依赖，轻轻松松一直有人供养，是多么舒服的事。父母不放过孩子，永远把孩子掌握在手里，那是见识出了问题，以为自己能够替孩子化解一切风险，不让他有一点点辛苦和恐惧，这相当于把自己当成了神，要掌控世界，结局只能是失控，因为你毕竟只是人。

孩子在几年里浮浮沉沉，跌跌撞撞，那是他应该承受的成本，你代替不了，正如你无法替他恋爱。父母三观再正，能力再大，决断的狠心没有，完成不了驱逐，那从观念到财富就无法传承。父母有自己的情感生活，以自己的生活为第一位，对成年孩子，保持距离，不介入，不索取，不依赖，看似冷漠，实际上是放手，让孩子去发现自己的命运，这才是对他最大的信任。

容忍自己被家暴，是失职，而不是尽职

一位母亲留言，说她被丈夫多次家暴，痛苦而绝望，但是为了孩子有完整的家、有一个父亲，所以不愿意离开丈夫，问应该怎么办。

我的答案当然是离开这位丈夫，拒绝继续被家暴。

这条留言很快被顶成第一热评。其他读者也非常着急。

后来，这位母亲再次留言，表示家人朋友都在看我的公众号，不愿意他们也知道这事，删除了评论。

后台资料显示，这位母亲是我的老读者。所以，她应该多次看过我写家暴问题，所谓“为了孩子有个完整的家，所以我不得不继续与家暴男保持婚姻关系”，她应该知道这种想法一直是我反对的，离开家暴男一直是唯一选项。但是同样的理由她又复述了一遍，说明她并不愿意选择离开家暴男，结局极有可能如这位读者描述的：

闺蜜被打成熊猫眼，我劝她离婚，结果，事情过去很长时间之后，她悠悠地对我说："我嫂子说，你同学真有意思，人家都劝和不劝离，没想到你这样劝人。"

当一个人长期被家暴，而又不愿意离开，最后的处境就会非常可悲。当你耗尽他人的同情，甚至让人有"不知好歹"的感觉时，旁观者自然得出一个结论：可怜之人，必有可恨之处。直接一点的人，只冷冷送两个字：活该。

我愿意为这位母亲，为那些长期不敢脱离家暴家庭的人（包括被老婆家暴的丈夫）再多说几句，也会一直说下去，因为人在需要改变时，分成三种：

一是迅速改变。进入新状态就像按下开始按钮那么简单，这是学习能力强，反省能力强，意志坚强的那批人，他们的人生效率高，像猎豹一般。

二是永远不改变。他们就像植物，纯被动，处于悲惨境地，自己也知道必须改变，但他们没有挪动的能力，谁出现在他们人生中，他们都默默接受，包括接受那个家暴者。

三是缓慢改变。他们像蜗牛，脆弱、缓慢、敏感，猎豹跑一秒，他们得爬一天，但是，只要持续被鼓励，持续朝正确的方向爬，他们还是能够到达新境界的。

这位留言的母亲，和多数人一样，是第三种类型。所以，有些话还必须对她说：

1. 被家暴，并不是你的耻辱。没人会谴责受害者。

2. 要敢于求救，不必维护家暴者的“好形象”。

3. 这点是最重要的，要完成观念的转变，“为了孩子有个完整的家，而接受家暴”，这不是一位母亲在尽职，这是一位母亲的失职。你不是为孩子而牺牲，你是在对孩子施暴。

一位在家暴中长大的孩子，她的留言是证据：

想对那位被家暴的姐姐说，我自己就是家暴家庭里长大的小孩，我妈为了我“能有一个完整的家庭”遭受了不可想象的暴力。我的前18年都是在痛苦、恐惧中成长的，每晚都不敢睡觉，怕爸又动手。自己也饱受周边的嘲讽，情绪一直不太好，比同龄人更加敏感、悲观，前些年还有抑郁症。长大离家后一直在克服原生家庭给我带来的伤害，不仅仅是心理层面，就连身体都有痛苦的记忆，听到关门声就会受惊得很厉害，也经常融不进集体，即使独处让我前进了不少，但沟通交流能力都挺差。不要心存她爸会悔改的念头，也放“聪明点”不要认为离婚是对女儿的伤害。我8岁的时候，就很凶地吼我妈：“你走啊，为什么不走？”我从不要求她带我走，我一直希望她自己过得好就可以，某种程度上我也恨了我妈很多年。忘了说，我妈也挣钱，还能干，但就是为了我不愿意走。

“你走啊，为什么不走？”这是孩子的直觉，这直觉是对的。

只要你不走，家暴持续，孩子就会观察到一对不正常的父母：无法自控的施暴者，无法自保的受害者。这差劲的两种人，恰恰是她最亲近的人，她想长得正常一点，还得在精神上完成弑父弑母，极其痛苦。不是每个孩子都能完成这个过程，家暴持续得长久，孩子精神受害也在加剧，最后彻底走不出来，成为你们的完美复制品，也不稀奇，可你们最后还说：我们只不过是为了给孩子一个完整的家！

最愤怒、最痛苦的应该是孩子。所以他们会喊：“你走啊，为什么不走？”

只要你走了，暴力就中断了。孩子受到的虐待也就中断了。

确实，一个幸福快乐的单亲家庭，可能比不上一个幸福快乐的双亲家庭，毕竟少了一个幸福的家长，少了三分之一的力量。但是，它远远好过一个不幸福不快乐的双亲家庭，与长期家暴的双亲家庭比，更是天堂与地狱之差。

一位被家暴的母亲，敢于选择离开施暴者，与孩子组成单亲家庭，那证明她有修正能力，有追求幸福快乐的能力，这能力传递给孩子，孩子在成长过程中，不会害怕遇上错误（这是必然的），不怕落入不幸，因为母亲教给了孩子自救能力。

而不敢离开施暴者的母亲，在于她们内心认定离婚是无法接受的失败与耻辱，“为了孩子有个完整的家”，这个借口，可以让她们在一切恶劣婚姻中苟且下去。甚至在“为了孩子牺牲”的光环下，对身边一堆劣质恭维，她们也信以为真，将自己的软弱与不负责任，包装成了坚毅与很负责任，感觉自己尤其是孩子的恩人，以后索要起回报，理直气壮。

这样的母亲，其实更可怕。因为她自我神化了，孩子在精神上杀不死她，变成既受她的伤害，还要感激她。一个男孩，如果认定女人都是这样的，糊涂、虚伪、道德胁迫、扮弱者欺负人，他将来成为一个家暴男，也不意外。

被家暴的母亲，“你走啊，为什么不走?”不走才是失职啊。

平淡人生的美妙滋味

WO HE LIAN YUE YIQI CHENGZHANG 2

远大理想的注要小，
现实生活的注要大。

我们要成为特别优秀的人吗?

有个姑娘留言，说她的丈夫想成为巴菲特，让她等。

如果你有家人投资股票，那你一定听说过巴菲特这个名字，这不稀奇，他毕竟是人类史上投资股票最成功的人，每一个中国股民都想成为巴菲特。

这种想法对不对?

对，也不对。

对的一面是，中国经济保持稳定和增长，中国人创造的热情与才能一直在发挥，几十年后，一百年后，它的财富又远非今天可以想象，借助投资和拥有许多伟大公司，中国出一个巴菲特，也不奇怪。

不对的一面是，成为巴菲特的条件很苛刻：源源不断低成本的资金；一贯正确的判断力；被全世界否认也不动摇的自信；在黑暗时能见到光明，在光明时又能预防黑暗；健康地长寿；拥有比自己聪明的朋友；终生热爱阅读。所以，成为巴菲特的概率很低，低至一百年中的学习者只能复制成功一个，甚至一个也不可能。将成为第二个巴菲特定为自己的人生目标，那几乎可以肯定不会成功。

那巴菲特到底要不要学？我觉得要，学到他万分之一的思想，有他百万分之一的成就，人生都很辉煌了。不是股民的人更要学，巴菲特的观念与思维方式，适合一切工作，更重要的是，他还把家人照顾得很好，30多岁就让家人住了别墅，他第一任妻子是个文青，他也慷慨赞助她的文艺活动——这个事例尤其要记得牢牢的，当家里那个股民基本的生活保障都不愿意给，一再让你节俭学习巴菲特时，你要让他学全套的巴菲特，先顾家。

我们从小制定人生目标时，都是向行业内最顶尖的人看齐。要成为特别优秀的人，看起来非常有志气，但实际带来的却是更多失败的体验，一失败就破罐破摔，效果反而更差。

正确的方法是什么？

2008年，凯文·凯利曾提出1 000个粉丝理论，现在提的人少了，但我觉得，这理论极有洞见，极有价值，可以作为绝大多数人规范人生的依据与方法。

1 000个粉丝理论认为，一个人不求大富大贵，只求好一点的生活，有1 000个购买你商品或服务的粉丝就够了，每人每年为你贡献100元利润，你一年就可以赚10万元（2008年的美元），生活无忧。在不同的时期，由于实际购买力的变动，数字会有变化，不宜拘泥。

而获得1 000个粉丝，难度并不算大，一天一个，三年而已，这1 000个粉丝，你甚至可以叫得出他们的名字，熟悉他们的个性与需求。

仔细观察，就会发现，身边那些经营得好的小企业、小店铺、手艺人，都本能地遵守这个规律。那个我跟了十多年的理发师，我的整个家族都是他的顾客，他不多话，不推销，生意好得很，不预约剪不了头发。楼下一对小夫妻，人清爽，花艺好，无论是家里还是公司里，都让他们固定送花。我就是他们的粉丝之一，我想，他们有1 000个粉丝，一点不难，一生安稳幸福，也不难。

现在各行各业，规划事业，都有“巴菲特化”的趋势，要有上市计划，要市场第一，粉丝至少几千万，没有这些，感觉话都不敢说。大多数人，就是这样把自己玩死的。

从只有几千居民的小镇出发的山姆·沃尔顿说过，一家小五金店，只要店主用心服务，巨无霸沃尔玛也打不过他。他知道人与人之间的温度与感情，将产生强大的黏性。

人的能力圈，只能由内而外，由小而大，一层层外扩，把自己的能力与品性养好，然后照顾好家人（做到这步已经很了不起了），再赢取1 000个粉丝，建立自己的商业保障，之后的事，做不到也没关系：你或许会有100万个粉丝，有自己的伟大企业，甚至真成了巴菲特。

我们可能无法成为特别优秀的人，像太阳一样，照顾整个地球；但我们成为中央空调是可以的，让小环境永远舒服。后者可行、实在，是值得追求的人生。

平淡人生的美妙滋味

在流行文化中，年轻人的生活方式，容易被塑造成绚丽的、戏剧性的、跌宕起伏的，而且认为这值得追求。

年轻人也更契合这点，年轻时，本事没变大，脾气还很大，不用养家，没有负担，未来的时光似乎用不完，种种缺陷发生在年轻人身上，被青春的气息掩盖，也不令人反感，甚至被当成年轻的标志。

与之相反，朴素的、平实的、有秩序的生活，被认为是老年人的生活。年轻人好像很害怕。这是天大的误解，这种生活是成熟的生活，是好生活，人应该尽早进入这种状态。这种生活不意味着你无趣、无聊，相反，是你真正产出、真正被需要的开始，就如哲学家康德散步的时间，被邻居当成标准来调校时钟。

幸福的家庭都是相似的，不幸的家庭各有各的不幸。托尔斯泰这句话，道出了幸福的本质，幸福很脆弱，它需要“乏味”的平淡保护它。不幸才有上社会新闻的资格，还记得“昆山龙哥”吗，那个持刀恐吓路人却被反杀的小流氓，他的命运很难找到相似的，但这种独特性并不值得追求。

没有能力，把握不住平淡的生活，总想给生活添戏码，最后就会如愿成为独特的不幸。

比如这位姑娘留言里描述的前夫：

> 一直自控力很强，早晨5点多起来弹琴，做早餐，叫醒孩子，吃饭上学，到单位还早，看半小时书，做事情，中午读点英语，下午下班和孩子一起运动，回家做饭，辅导作业，整理点家务，一起看书，十点睡觉。最近情绪严重受影响了，连带着生活节奏都打乱了。离异，带着一个男孩，别人的流言蜚语完全不放在眼里，家人的指指点点却让我多次情绪失控。失眠，发火，不断反省自己，断得太过坚决，所以连弟弟都敢指责我“作”。一个男人，只要看着老实，无论怎么赌博，欠下多少债，在一些人眼里都是“可靠的男人”，而不愿卖房给他还债、坚持离婚带孩子的女人，却“作”了。

幸福的时代也是平淡的，很多资产不少的家庭，并没有特别大的本事，往往都是平平淡淡地努力工作、领工资、攒钱、买房，然后借助时代的潮水，水涨船高。婚姻中最怕遇上的就是赌性十足的人，觉得这种平淡不够劲。

赌性并不只是在赌局中体现，斗地主、打麻将，输赢控制在百来块钱，那是娱乐。只有无法节制，将家庭拖入财务黑洞，才叫赌性。

真正玩得大的赌徒，可能连麻将都不会打，除了家人，其他人都喜欢他，因为他往往谈吐豪爽，出手阔绰，今朝有酒今朝醉。只要用新名词比如新经济啊、创业啊、股市抄底啊、政策风向啊，包装一下赌局，勾动他的赌性，他马上就告别平淡的生活，押上身家。偶尔会赢一把，但把把押，最后一定输光。倒霉遇上赌性强的人，人生很刺激，很痛苦。这种人，要彻底切割。

努力工作，规避风险，把自己和家人照顾好，这是一个非常平淡的人生任务，但却不容易完成，要有本事、有规划、有定力。真正的成长，是告别戏剧性人格，早日知道平淡的美妙滋味：每一天都相似，每一天都幸福。这就是好人生，能装100年的丰富多彩。

远大理想的注要小，现实生活的注要大

仔细想想，人生是很残酷的，它就是一局不能重来的游戏。

而且你非玩不可，筹码就是时间，每一秒钟都不停歇，没有得到，就一定是失去。

在真实感受中，并没有多少急迫感，浪费一天、一月，甚至几年，似乎都没什么悲惨的事情发生，甚至浪费了一生，又会如何呢？还不是有吃有穿，在这个技术发达的和平时代，人活着已经非常容易了。

但总是有点可惜，有点亏欠，绝大多数人本意并不想如此。

人并不是活在真空中，必然有父母，极大可能有配偶、有孩子。如果你的一生是负数，那很显然，最亲近的人就为你作了牺牲。

所以，一个人浪费自己，一个人不成长，一个人无能，首先祸害的是自己的家人。

应该说，没人想做这种人，和那些正在祸害家人的人谈一谈，你可能会发现，他们的远大理想不比别人少，甚至比别人多。他们要靠描述未来逃避现实。一个人坚信自己未来将成为伟大的文学家、杰出的企业家，反正是某种大人物，那么，现在的自己再无能、再荒唐，都像是学习和投资。这幻觉一直持续到死，他度过了舒服的一生，他的不成功，将被他归因为世界不赏识他，家人不够支持他。祸害者最大的能力就是能够将自己打扮成受害者。

这不是说人不要有远大理想，要有，世上反正要有大人物，反正要有人过得很好，为什么不能是你？

但应该想到这种远大理想实现的可能性极小，我们极大概率是普通人，那么，不顾一切押注在小概率事件上，就是疯狂的赌博。正如不少文学青年关在家里狂写，目标是一举成名天下惊，最终的结局往往都是变成一事无成的文疯子，输得非常惨，连正常生活都不可能。

作为最佳策略，在小概率事件上压的注，应该是输了也不影响生活的小注，大注应该押在成功率极高的事件上。远大理想的注要小，现实生活的注要大。

比如，有文学梦想的青年，应该先找份养家糊口的工作，并且把工作做出色，把家人照顾好，业余时间写一写，追逐文学梦；即使梦想实现不了，你的生活也不会崩溃，你的家人也不会倒霉。

人与人的差距，就在于有没有对现实生活给予足够的重视，没有的话，能力无从增长，容易眼高手低、好高骛远，像这则留言里提到的男人，其实并不少：

> 每次问我男友理想是什么，现阶段人生目标是什么，他都回答我财务自由。我每次听到都很生气，一个距离房和车都遥不可及的人怎么这么不接地气？每月房租已占去工资五分之三，这样的回答让我害怕。现在收入不如我，存款几乎没有的30岁男人，却总是告诉我，未来收入肯定超过我，肯定不会让我吃苦。这就是相处两年依然不想结婚的原因。

很多人将配偶、孩子、家人这种想生活得更好的渴望，视为干扰与压力，斥之为只重物欲、不重理想的也有，这其实是浪费自己最好的成长路径，以至于不太可能成长。让自己爱的人，让自己的家人生活得更好，将这个现实目标始终放在心头，并不停地实现它，你的能力也在不停地增长，最后或许能够突破家庭这个小天地，用你的能力造福更多人。

你造福人类，应该是你造福家庭之后的事。现实生活过得好，再去考虑你的理想。提高收入，给家人买好房好车，这点做到了，再来想想财务自由，才合逻辑。

爱你的人，你都不想照顾，也照顾不好，奢谈其他一切，都是扯淡而已。

有一则留言，看了很难受。

> 我老公是公务员，卖房炒股，亏损了。就玩四川时时彩，然后亏了。现在天天研究六合彩，下注都是三五百地下。问题是他还欠银行闪电贷七八十万元。让他不要玩，都看到他交易的记录了，他还死不承认，还说他不中奖是我乌鸦嘴，然后几天冷暴力。急求破解。

一天中，陆续又看了留言中的不少类似案例，心情更难受。

都是一些不该受苦的人，受苦了，一些原本满手好牌的人，打烂了。人生的牌局，能重打几次?

人的能力有大有小，一个人尽力了，只有小能力，不应该受到责备。正如大多数孩子，努力了，就是考不到第一名，他不该受责备。大人也一样，他们很多人努力了，但毕竟是资质处于平均线的人，只能交出一份平均分的答卷。

但无论能力大小，成年人必须回答这样一个问题：我为什么赚钱?

正确答案有且只有一个：首先是为了自己及家人生活得更好。

如果赚钱能力只能保证自己生活，那就不该成家。

成家了，则意味着自己赚钱还能够保证家人生活得更好。更好有一个刚性标准：在当地达到中上水准，衣食住行，都要达到中上。

配偶爱你，孩子投胎在你家，他们是世上对你最好的人，你也应该是世上最爱他们的人。这一点，没人敢否认。但是，这一点，不少人只是嘴上说说，在实际行动中，那些世上对他们最好的人，他们的回报是持续的加害，但他们不会承认，还会包装成“我这是为了家人好”。

卖房炒股、卖房创业、玩彩票、搞传销、赌博、入庞氏骗局，这么玩的人，他们的心理关其实都过了，他们真觉得自己是为了家人好，输的时候还非常悲壮，家人不能怪他们，得给他们再凑本钱继续玩，因为成功就在下一次，下一次暴富了，就可以给家人豪宅豪车。这种做法，无法证伪，一直可以玩到死，就是赌博，概率再低，下一次也确实有赢的可能。

人生有保质期，不同阶段的生活也有保质期，生活得更好，得考虑这个保质期。

小小孩，你陪他玩，说一些傻乎乎的话逗他笑，这是让他生活得更好。他小小孩时你不陪，剥夺他这种享受，到他青春期了，甚至中年了，你再唱儿歌给他听，效果不可能一样，他会觉得你是神经病。

老婆年轻时买件漂亮衣服的钱，都被你抢去买一手股票，还号称是投资，为了她好。到她老太婆了，你再送她漂亮衣服，怎么够呢？你有本事还她青春吗？你没那个本事，青春是有保质期的，消失了就再也回不来。

我们赚的钱，小到工资，大到巨大的投资收益，其中的一部分，必须保证自己家人及时的享受，在保质期内，让他们的生活达到当地、达到同阶层的中上水平。这样，才没有亏待家人。在企业里，忠诚的员工会得到更好的待遇，这是天理，在家里更要遵守这天理。

世上最爱你的人，你却亏待他们，让他们过得像乞丐一样，做这种违背天理的事，怎么可能赚到大钱？侥幸赚到了，钱也是没有意义的数字，除了你自己有些守财奴一样变态的快感，家人就像渴死在泉水边的可怜人，加倍不幸。

要赚钱，要享受，爱你的人，加倍爱他。不要违背这原则，否则就是伤天害理。

人生是渐悟

人需要一直改变，因为你所处的环境在改变，你的见识更加高明了，你总会意识到有些东西不再合适自己，不改会妨碍自己。这是人生艰难的地方，这也是人生有趣的地方。

在禅宗中，有顿悟、渐悟之分。顿悟就是瞬间想清楚了，像灯泡突然通电，一瞬间由暗到亮，进入完全不同的状态；渐悟更像看日出，慢慢变得光明。即使我们不是禅师，这两种状态也会发生在自己身上，它就是人生的两种改变方法，我们都体验过。

生活中的很多小改变，可以是顿悟式的，你想做就做得到。比如有人说到想早起，遗憾的却是晚上很迟才能入睡，早上起不来，他想等一个早早睡着的契机。真想早起，把顺序做个调整就好，挑一天，最好就是明天，不管你今晚多迟睡着，明天闹钟一响就起来，到了晚上，你困得不行，自然就早睡了。顿悟式的改变就完成了。很多这种马上就做的小改变，收益却很大，值得尝试，尝试不成功，你也没什么损失。有人想跑步，提升自己的体质，如果你已经有一双跑鞋，我建议你什么也不要想，穿上它马上去跑，只跑50米、100米也行。估计开始你跑这么远就会喘，喘了就停下来，不让自己太辛苦，明天也不要多想，想跑就跑上一小段，很快，你就跑得有模有样，一点都不难。

人的改变，需要契机。有被动的契机，比如，身体突然出问题，进了医院，你出院后生活方式改变了；孩子需要上学，你不得不买了套房子，这套房子的升值让你改变了态度，你买了更大的房子。遗憾的是，被动的契机太少，只靠它来提醒自己，远远不够；再说，万一进了医院就出不来了，那就彻底被动了。

人需要更多主动的契机。也就是说，要不停地想着改变自己。从这点看，我认为渐悟更符合人性与现实，人是慢慢想明白的，人是慢慢把事做成的。

可是，人很容易走神，围绕着一个主题持续聚焦，这也是个挑战，不容易。很多朋友留言，反省自己可能过于严厉、过于苛刻，给家人带来了困扰，反而让他们抑郁。像这样“凡事多想想家人受的影响”，就是非常有效的聚焦法：你变坏，你变好，受影响最大的都是你的家人。

有一类人，永远不改自己的恶习恶德，让家人持续受害，让家人在他身边就痛苦，这是真正的恶人。连家人都害，还能做什么好事？连家人都唤不起他一丝怜悯与改变之心，这类人是属于不可改变的，只能远离。

对于更多正常人，家人就是最好的改变契机。这可能是人会组成家庭的最重要的原因吧。你爱你的家人，自然希望他们快乐、富足、成长，而得到这些，需要你持续增加能力，需要你的宽容、善良和理性。这些因素你即使原来少，也会在反省与行动中慢慢变多，这就是我们人生的渐悟过程。这样的人，不仅仅是让他的家人受益，他接触过的人都会受益。

今天是元宵节（2019年2月19日），对很多人来说，是假期的正式结束。和家人一起吃完元宵，然后反省、行动。为了他们更好，自己变得更好，一年都不要偏离这个主题。

成熟度提升等于对抗度下降

2019年有一条新闻，上海一名17岁男孩，疑似因与母亲发生争执，突然从车内冲出，跳桥而亡。如果你不知道这条新闻，我不建议你看事发过程的视频，媒体不应该放出这条视频，那太过残忍。

我一直认为，这种极端事件，并不应该特意去分析，因为其中并无普适性的因果关系。极端就是超越了人们的认知，会以毫无征兆的方式发生。

地球上数十亿人，就算每天发生亿分之一的极端事件，都有数十起。你看这些新闻，容易误解为这是人类的常态，导致悲观、失望，甚至抑郁。头脑里始终有个概率观念，是好的，不要用极小概率的事情恐吓自己。

概率还能够解决焦虑。人在过度焦虑之中，可能一点正常的信息，就会刺激他做出极端的事情。人与自己，人与世界，人与他人，两代人之间，那些焦虑，多数来自对概率的无知，要么不承认自己普通，要么不承认他人普通，总想生活在概率之外。

我们的父母，我们自己，我们的孩子，极大概率是普通人。天才是中彩，事实上，不可能存在一条天才生产线，按照操作手册就能产出天才。中彩的事情，一般不会发生在自己身上。普通人只要诚信、勤奋，一生的快乐程度不会低，知道这点，我们大概能与一切和解。作为孩子，你不会谴责不完美的父母，他们会有疏忽，他们是普通人。作为父母，你不会苛责不完美的孩子，他们达不到很高的目标，他们是普通人。作为一个人，你不会怼天怼地，世界就是不完美的。

一个人的成熟度，就是一个人对抗度的下降，更多对他人的接纳。不是发自内心，你做不到，接纳是伪装不了的。你说得天花乱坠，不接纳还是不接纳。人为什么会越成长越接纳？因为你知道人生不易，成长很难，推己及人，就会对别人宽容。自己都做不到的事，就不会强求他人完成。一切健康的关系，都没有强求，都是基于爱。一切强求，都会毁掉健康的关系，最后产生恨。

我观察身边那些活得好的中年人，其实都是有点“怂”的，目标似乎也定得很低：保持身心健康，尽量降低各种风险，避免任何不必要的冲突（说实话，有什么冲突是必要的？)。这种“怂”之后其实是责任，要对家人负责，要对公司与员工负责，自己垮了，会连累很多人。而那些对抗性仍然很强、处于高风险状态的中年人，可能就还没有活明白，一个闪失，让自己最爱的人都难受，失去所有，却没有时间再次重来了。

虽说人生一定要亲历，少年与青年难免对抗性更强，但越早接受自己的普通，则越早承担责任，自己的内心也越早得到宁静，也能将这种宁静传递给别人，自己的家人与朋友就能少受困扰。这也是一个人成长的责任。

对自己好的必要性

如果你爱着一个人——这个“如果”几乎包含了所有人，那么，就有两件事要做：

一是对你爱的人好。这个不言自明，也是判断爱的重要标准，爱一个人，就是怕他受委屈，就是对他特别好，没有这种冲动和偏心，那应该就是不爱了。这一条很多人做得到，这是本能，就像母亲爱孩子一样，不会因为自己的孩子不够优秀、有缺点，就放弃爱他。

对一个人好，并不容易。在我们当孩子时，用真诚即可。前几天，有位妈妈说她的孩子在幼儿园吃橙，精心保留了两粒种子，因为他觉得特别漂亮，所以带回家送给妈妈。任何一位妈妈，都会被这样的孩子感动，甘心当他的俘虏。但是到了成年，还是只会带两粒种子回家表达爱意，那就有点不正常，别人很难从中感受到爱意。

成年人的爱，除了真诚，还得有实力。简单地说，就是你爱的人，吃穿住用，都不能比别人差，你过了用两粒种子示爱的阶段，你得用两粒珠宝。有人说，这让我有压力，爱一个人为什么要这么累？要房要车要宝贝？有点自尊的人都不会这么问。爱你的人只能吃苦，该有的物质条件都不具备，想要一间自己家的小房子都被你骂，那么，这种爱的意义何在？是为了实现自己的奴隶梦，还是为了实现保姆梦？

不是爱让你累，是无能让你累。

有能力的人，爱不会让他累。对自己爱的人好，尤其是物质上的保障，轻松完成。买个大房子，哪要丈母娘要求？又能让家人开心安全，又能保值增值，一举数得，自觉自愿就做了。

但他们往往没有做第二件事：对自己好。

人到了一定程度，要学会放松。这和之前学会自律，是一体两面。正如传授孩子财务常识，先学收，克制消费冲动，储蓄本金，投资滚动，到了中年，他财务就相当宽裕。但又要避免收得过头，成为乞丐型投资者，算一算净资产，很吓人，但过得像乞丐一样，任何一分钱都要榨出来投资。

要知道人最终是会死的，不会享受财富，财富的意义也就不在。这时候要学会放，该有的享受一定要有。贫穷时吝啬，可以说没办法，过错不大。富裕时仍然吝啬，那就双重可悲，证明贫穷仍然掌控着你，你还是认为自己配不上财富，配不上享受，一花钱就觉得自己要变穷。你还没有学会放松。

没有学会放松的人，可能不会苛待自己爱的人，强者性格也不允许他们做这种猥琐的事，但他们极可能苛待自己：最强的工作强度，最低的生活享受。他们在内心想，我只是对自己不好，有什么可批评的？

当然应该批评，这种焦虑感会传递，甚至形成隐形的压迫，让自己所爱的人有心理压力，该有生活享受成了罪恶。更重要的是，他们觉得你无法放松，似乎拼尽了全力，有个意外，随时会崩盘。爱这样一个人，心理压力大，折磨人，仿佛见你高空走钢丝，却没有保险绳。

其实你安全得很，只是对自己不好，没有学会放松。放松不只是你自己享受，不是浪费，放松是安慰自己爱的人，告诉他们：一起享受生活的美好吧，看，我能够放松，别担心。

当一个有脾气有态度的老实人

人要当老实人，有一分说一分，尽力认真做事，就这么简单的策略，最后就有好的回报，因为这样取得了世界上最难的信任。别人无法信任你，再聪明也没用，而一旦人有了不老实的坏名声，就将孤立无援，不可能得到有价值的合作。

但一个明显的事实就是，老实人经常被欺负，甚至连家人都欺负你，比如这个例子：

> 昨天对对象发了火，过后他先说了对不起，我也说了对不起。其实我知道发脾气，是很愚蠢的事情，最近一直在克制，我一直觉得自己脾气很好。就如连叔所说，好像在友情里，人相对更宽容，在感情里我也一直在思考好的相处模式。我对象他工作了，在工地里当施工员，很辛苦，真的是从最底层的那种做

起，我是在读研究生。我们俩其实从大三开始谈到现在，中间小吵小闹的，他从来没有先生过一次气，我觉得他脾气很好。久而久之我就觉得不应该无缘无故闹脾气，很不理智。可是昨天我又闹了会儿脾气，他很好，就是记性差一些，行动慢一些。我不应该那么不宽容，希望他明天的比赛能够好好发挥。

这位姑娘还好，会反省。我想，她以后也将不再欺负他。这位老实温和的先生可以说运气不错，遇上一位好姑娘。但许多人不会像这位姑娘一样反省，欺负人能欺负一辈子。

人有一种习惯，会将自己的压力与坏情绪转移给他人，虽然没有效果，但这是本能，只有经过长期训练，可能才能更好地克制。你看孩子，他心情不好时，一定是欺负父母，大哭大闹，他不敢向陌生人如此行事。到了成年，一个人欺负得更多的，也是自己家里的那个老实人。这种关系令人悲伤，双方都只有损失，被欺负者的处境自然不必说，欺负者，情绪暂时发泄后陷入愧疚。相爱的人，不应沦落到这种双输处境，这让我们的一生成为悲剧。

这种状态的责任在谁？是在老实人这边。因为他并没有做好一个老实人，因此并不老实。

老实的一个重要组成部分，是真实表达自己的观点与感受。很多老实人把这一块给省略掉了，在这方面是骗人的。你一直被欺负，如果你没感觉，那你就是白痴，非正常人。只要你是正常人，一定有不开心与不同意，它们不表达出来，欺负就无阻力，你就是在引诱和纵容他人欺负你。你不说你的观点，别人怎么知道你在想什么？

有真实想法就有对抗和不喜欢。这点令人害怕，但得接受，这是表达的成本。当然，做到并不容易。我有一次参加一个会议，主办方非常真诚地问我意见，有那么一瞬间，我在想，是不是说一些场面话糊弄过去？大家都轻松。马上被自己否决了，那样是浪费大家的时间，包括自己的，所以还是表达了自己真实的想法与担忧。我可是一个天天写文章表达自己观点的人，已经习惯一定程度的冲突（这是无法避免的，不可能让所有人都喜欢你），连我都有放弃的冲动，没有经过训练的人，习惯性隐瞒自己的观点，也就是最自然的逃避。

如果你爱的人经常欺负你，还有一个隐含的诉求：他需要你的回击，需要感受到你的力量。你像个大型毛绒玩具，怎么捶，都只有忍受，反而让他更怒，你不再是一个真实的人。这种回应，不需要精美论述，也不需要逻辑严密，正常的生气即可。

受伤了要喊，要抗议，自己的观点要说，要维护，这些都是老实人的重要工作。单纯隐忍退让，暗自神伤，那只是半个老实人，并不利于良好的互动关系。

女性的力量，男性的分享

女性具有几个天然优势：

一是她们的生活方式比较健康，吸烟酗酒的比例远远低于男性。这除了节省一大笔钱，还让她们活得比男性更长，而时间，是人最珍贵的资源。

二是她们的性格比较温和，比较少发生激烈的冲突和暴力行为。关押男性罪犯的监狱远多于关押女性罪犯的监狱，这点就是最明显的证据。

三是她们更关注具体的事情，比较不容易陷入虚幻的理想主义。她们是现实主义者，更重视孩子是不是长得好，家人生活得是否幸福。她们是家庭的稳定器，是家庭的财神，最明显的就是她们对房子有天然的渴望，但凡听从她们建议，早早买了房子的家庭，资产都是领先的。

四是她们爱美。没有这点，就像世上没有了鲜花，是不可思议的事。

或许还可以多写几点，但已经足够了吧？

人类社会，很长一段时间，是以力量为主导，而且主要是人力。男性一直主导社会，甚至为了维持这地位，刻意打压女性，直至目前，还有女性地位非常低的国家存在。这是必须改变的非理性行为，正如比尔·盖茨所说，歧视女性是非常愚蠢的行为，这等于浪费了一半的人类才能。我觉得还不止，女性作为母亲，是儿子一生中第一个最亲近的女人，他爱她，尊重她。如果社会规范又迫使他接受歧视女性的观念，这就会造成他精神上的分裂，他将很难处理好与女性的关系，尤其是与妻子的关系，导致家庭的幸福程度大大降低。

中国的女性，现在受教育的权利、工作的权利都有，我觉得这是了不起的进步。有受教育的权利，自我塑造的空间无限打开，一个人有了学习能力，知识现在又趋于免费，才华是压抑不住的；有工作的权利，人可以赚钱养活自己，不依赖他人，这使人可以坚持自己的想法与人生规划，让人有自己的声音。

一个人的努力，短期之内，似乎没什么效果，但时间一拉长，改变却很大。回顾一下历史就知道。1910年，居里夫人为了使自己的实验室得到资助，硬着头皮去申请法国科学院院士，成为社会热点，大家对科学院是否应该接纳女院士进行了激烈辩论。1911年1月，由原有院士投票决定，拒绝接纳居里夫人为院士，而在1903年，居里夫妇已经得了诺贝尔物理学奖。居里夫人是第一位获得诺贝尔奖的女性。根深蒂固的偏见，改变很难。

1911年12月，被法国科学院拒绝的居里夫人，再获诺贝尔化学奖。这么戏剧性的事件，让法国科学院以女性为由拒绝居里夫人，在历史中成为笑料和耻辱。

只要女性有机会工作、有机会展示自己的才华，那么，外部偏见的杀伤力就会小很多，甚至只有心理层面的影响力。

居里夫人（玛丽·斯克洛多夫斯卡）的成长，与其小家庭中的男性很有关系，其父亲是波兰极优秀的中学物理老师，很在乎女儿的学业。她到巴黎留学后，与皮埃尔·居里相爱，结婚留在法国。皮埃尔·居里高贵、温柔，醉心于科学，对荣誉避之唯恐不及。他始终欣赏妻子的才华，一直鼓励妻子从事科学研究，他常说：上帝为我创造了这么好的妻子，就是要让我与她分享一切，包括珍爱的科学研究工作。

即使大环境普遍歧视女性，在具体的一个家庭里，父亲、丈夫、儿子，只要这些男性尊重女性，那么，这个家庭里的女性就可以避免歧视的伤害，有幸福快乐的一生，甚至有伟大的成就。

1935年，居里夫人38岁的大女儿伊雷娜与丈夫约里奥一起获得诺贝尔化学奖。一位在事业上尽情舒展的母亲，对女儿的影响与指引，力量很大。

我们身边的女性，一生蕴含着巨大的能量，爱她的最好体现，就是鼓励与支持她释放出自己的能量，像皮埃尔·居里一样，与她分享一切，尤其是工作机会、成长机会。阻止她实现自己，甚至嫉妒她实现自己，那就证明你不爱她。

认识你的债务圈

能力圈，是巴菲特普及的一个词，他反复告诫投资者应该在自己的能力圈内活动，不要投资自己能力圈之外的公司。这样的话，即使资质平凡，可是你不犯错误，微小的正确积累起来，也可以滚成巨大的成功雪球。

借鉴这个想法，一个人其实还有债务圈。人生有趣，除了自己努力，他人成全也是重要因素。我们得搞清楚，欠了谁，欠了多少，知道自己的债务圈。人有义务把自己受到的恩惠传递出去，还清债务。

在家庭关系中，有一种想法似乎挺强势，那就是宣称：如果婆婆不给我带小孩，那我将来就不帮她养老。这就是搞错了债务关系。中国人说的养儿防老，其实已经说清了债务关系，给婆婆养老的，并不是孙子，而是儿子（当然包括女儿），她只要抚育好了儿女，儿女就有义务给她养老。如果她并没有尽到抚育儿女的责任，那么，对等的，儿女也就可以不那么尽责地给她养老。

理清了债务圈的因果关系，人就会成为一个讲道理的人，不会残忍，不会闹笑话，不会无理取闹。自然也不会做威胁婆婆带孩子的事，你知道，她并没有这个义务，她不欠你。否则的话，女婿也可以用同样的方法威胁岳父母：你们不给我带小孩，我也将来也不管你们！现在人的寿命长，将来孙子生小孩，似乎也可以威胁祖父母：不给我带小孩，就不给你们养老。这个世界不就变成了强盗的乐园？而且专抢自己家的老人。

那些受威胁的婆婆，其实是相对弱势的。一是她收入低，没有养老能力，怕；二是她思辨力弱，无法用上面两段话保护自己。欺负一个弱势的老人，在我看来，是很不地道的事。大多数有点同理心的人，看法都会和我相同：这样的人，可能很难和他当朋友，也不会信任他。一个人爱欺负弱者，毁的其实是自己的形象和前程。

不受威胁的婆婆，又富有又强大的，其实都会照顾自己的孙辈，或用人力，或用金钱。人不只是一台计算机，人还喜欢表达感情。一个人理清自己的债务圈，就会对别人额外的照顾多一份感谢，知道那不是他们应该做的。理不清债务圈的人，恩情反而会把他养成白眼狼，越照顾他，他盘剥得越多，寄生得越来劲。

一个人能把家庭关系理清楚，那么，世上的关系就没有能难倒他的。别人欠不欠我，我欠不欠别人，一目了然。当老板，你不会欠员工薪水，甚至会稍微多给一点；钱不给到位，只喂理想情怀这种事，你做不出来。当员工，你不会欠老板努力，甚至会多想多做一点；只拿钱，人却偷懒应付，你做不出来。相反，以亏欠别人为手段，当老板，不给钱，指望员工自带干粮，当员工，指望老板让自己混高薪，那么，不清不楚的人就会毁掉人间的美好。

理清自己的债务圈，烦恼少很多，人也将不失体面。

对养儿防老的误解，一来自进步，一来自保守

人一生就是得到好观念、维护好观念的过程，正确观念让人平静而富足，错误观念让人焦虑而贫瘠。

好观念得到不易，在学习过程中，人往往受到进步主义与保守主义的两重误导。

所谓的进步主义，就是认为今天胜过昨天，旧东西不值得一提。所以许多人拼命制造新词汇、“新思想”，仿佛我们每一年都需要新东西指导，否则就是退步。其实人类的核心观念是不变的，人类大河表面上的泡沫时时更新，底层的力量却是旧的。天理、公序良俗，是不会变的，就像欠债还钱，在人类社会的任何一个时空都是适用的。

所谓的保守主义则相反，认为今天不如昨天，旧东西才是好的，永远都在哀叹好时光不在。对人类生活水准的提升、技术的进步，稍稍有点正确认知就知道，正是新发现、新发明、

新方法不停地给我们带来更好的生活，很多旧东西的消亡是必然的，没必要守着它。

接下来，我们来讨论一个具体问题：养儿防老。

许多不负责任的父母更愿意从保守主义的角度解读，这是人类自古以来就有的传统，所以，你是我的儿子，你就得给我养老。从小没有受到善待的孩子，自然心有不甘。

到底谁对？这在于对“养”的解读，“养”是抚养，父母有义务把孩子养育好。并不是生儿养老，生下孩子，不管不顾，甚至虐待，你也认为他将来有义务为自己养老。“养”意味着对等原则，抚养孩子的水准预示了赡养老人的水准。养儿防老，对父母也具有约束作用，善待孩子，尽力培养孩子的才能，这像是正确的生命投资，你晚年的保护者才是强大的、爱你的。

许多能力强的父母，容易偏向另一极，受到进步主义的危害。比如以下这条留言：

> 与连叔的观点稍有点差异，养儿防老是农耕时代的传统；现代社会，我觉得，父母将子女养育成人是义务，是责任。我跟儿子说了，我不需要他给我养老，趁现在多赚钱，以后老了去养老院，不给子女添麻烦，让子女过好自己的生活即可。

自己解决养老问题，赚足了几辈子花不完的钱，这就是所谓的财务自由。钱足够多，烦恼就足够少。恭喜你。

世界上的大多数人，不可能有财务自由，钱永远要算着用。忘了这点，就是忘了真实的世界，人会失去同情心与沟通能力。一个富豪，对一个拼尽全力一生照顾家庭的工薪阶层老人说，你要像我一样，养老靠自己，你养儿防老的观念是落伍的、错误的。这并不是进步宣言，这是何不食肉糜。

生育本质就是自私，这是基因证实的，没什么不好意思承认的。在自己最软弱无助的老年，希望自己的孩子赡养自己，这是极正当的自私，也是生育潜在的经济动力。家庭，本身就是基于血缘的经济组织，有分工有合作，抚育孩子与赡养老人，不过是跨越一生的分工与合作。富人家也有养儿防老，只是养由有形变成无形，老富人不需要孩子的钱，但需要孩子的能力与成就，以维持家庭的财富、地位与荣誉，这任务更重，孩子的压力更大。

养儿防老，这是家庭的基本功能，永远存在。只是有爱、有能力的家庭，这功能实现得极为顺滑，无须宣扬，也没有争论，自然而然，你爱我，我也爱你。

不要在家交际

聪明人常问蠢问题。

这甚至是聪明人爱做的事，他们就是因为问蠢问题而变聪明的。

想到这句话，是因为文章评论区的一段对话：

有位妻子，正准备回老家，在家收拾东西，在明确表示反对后，老公还是要带同事来家里坐。

我的答复是："交际还是不要在家里。"不少人赞同这回答。

可是，后台马上有人留言："为什么不要在家里交际？"可能是这位妻子的丈夫吧。

我得感谢这个提问者，他使我意识到，这个问题远没到一句话就能带过的地步。

在服务业不发达的早先，家原来确实是交际的地方，在乡村，现在也还保留着这个传统。一个家庭成员的朋友来了，所有的家庭成员都受打扰，老人无法休息，孩子做不了功课。

在都市圈，这块外包给市场了，酒吧、茶馆、咖啡馆，麻将馆……有大把地方供你们聊天。当然，有大别墅也行，有专门交际的区域。不过你就是有这样的别墅，非密友，也不会往家里引。

家表面上是物理空间，但实际上它代表心理空间。

人人喜欢拥有独立的、不受打扰的空间。

所以你一进酒店客房，第一件事就是挂上“请勿打扰”。你真不是那么爱干见不得人的事，只不过是看看电视，读读书，无所事事，当然，你也可以光着身子走来走去。

家比酒店好的地方是，你不挂“请勿打扰”，也没陌生人开门进来。只有你熟悉的丈夫回家，你可以光着身子去开门。

他身边站着他的同事。

这就是不要在家交际的原因。

没有独立空间，人是受压抑的，再亲密的朋友，他在你身边，你还是有压力，或许很少，但是有。

我曾收到过一封邮件，一位妻子抱怨丈夫偶尔骗她说去聚会，结果却是独自在某个地方闲逛、发呆，也没外遇，他有什么病？我的答复是：“如果你不把独处的需要当成小三的话，他是没病的；你平时不是太黏人，黏成连体婴，他或许可以在家里的某个角落发发呆，再也不必骗你。”

现在家庭细分到最小，夫妻，有的再加上孩子。家作为独立空间的功能，更为显著。始终把它保持得温暖、不受干扰、自由自在，生活在其中的人，快乐幸福得多。

有社交恐惧的人，不愿意离开家门，电话都像侵入者，宁愿铃声熄灭后回微信。拿掉他们的空间，就如剥掉蜗牛的壳。

没有社交恐惧的人，很多也怕过年。所谓过年，一般就是离开自己熟悉的独立空间，进入你无法掌握的“公共”空间，你无法挂“请勿打扰”，你无法预测议题，而议题，往往被最善于胁迫他人的家伙掌握：大过年的，我让你服服软，你总不好意思翻脸吧。

反正只有几天，你核算一下成本，也就忍了。很快将回到自己真正的家，那些讨厌的人，永远不可能进你的门。

除非你有一个不知道这常识的丈夫（妻子），老是在家交际，领些陌生人回家，让你尴尬。好像春节永远不会结束。

弗吉尼亚·伍尔芙说，女人的独立是从有一间小屋开始的。何止女人，所有人的独立都是从有一间小屋开始的。你没有空间当自己的主人，你怎么知道主人的精神？你知道了也无法实践。

这个空间，是买来的，是租来的，暂时还是永久，并不是特别重要；重要的是，要把干扰降到最低，有这意识，并有这能力。

这样的空间，是爱的庇护所，你若不顾配偶的拒绝，执意要带陌生人回家，那么，你迟早会变成配偶的陌生人。

为你爱的人守住私密空间，这就是爱。

为你自己守住私密空间，这就是能力，这就是独立，这就是你值得爱的地方。

爱到家里有了矿

今天是一个要上班的周日（2019年4月28日），但我们还是按照常规，说一说爱的话题。这种固定的仪式感是我想要的，我也希望它出现在人的生活中，我们定时定量思考一下爱，有利于增加我们的爱。

对于爱，容易犯两个错误：

一是，我爱你，我不说你也应该知道。

二是，你不说我怎么知道?

这两种错误往往同时发生，彼此责怪，原本有爱的家庭，误解多了，指责多了，也就没有了爱。

对于这两种错误的应对方式，一是，我爱你，但不说你可能真不知道。那些天才对爱的表达，达到非常微妙高明的地步，不许说爱，则文学艺术要消失一半。你不要怕，人不必成为大诗人再来表达爱。简单说我爱你，一个拥抱，就足够了。

智能手表过了一段时间，就会提醒你站立一分钟，冥想一分钟，我一直觉得应该增加一种功能，一个小时提醒你说一句：我爱你，想一想你多么爱我。毫无疑问，这种训练也有利于体验爱、感谢爱。

二是，从逻辑的角度，确实，我可以声称你不说我就不知道。但人的表达，语言只占一小部分，我们愿意交流，主动接收一个人的信号，那么，非语言的信息就非常丰富了，相爱的人，甚至会有第六感：我感觉到了你在想什么，从而回应你。姿态主动开放，本身就是信任，是爱，就像猫向你敞开肚皮；回避、被动，那么，别人向你的耳朵喊，你也会删减信息。

我爱你。我要说出来让你知道。

你爱我，你说得不那么好，但我也发现了。

两个人都这么主动地交流，爱会增加100倍。

前天，被留言区的一对母女暖到。

先是女儿的留言：

> 我很羡慕父母之间的感情，曾经我觉得他们偶尔吵架，不庆祝结婚纪念日，很少一起出去玩，班制的原因有时一个星期就见两次面，都是因为时间长感情淡了。但昨天和妈妈聊了之后才发现，其实他们只是很少把爱说出口，妈妈每天为爸爸准备早餐，爸爸也

精心准备晚餐，都是细水长流的爱的表现。虽然平时很多事都是爸爸做主，但在买房问题上还是妈妈的果断让我们拥有了更大更舒适的房子。爸爸对妈妈的认同让她心安，现在他们一起努力在还房贷并且供我读大学，每次视频看到手机对话框里挤在一起的两个脑袋我就觉得很幸福，我也很爱他们。

然后是母亲的留言：

叔：留言中的×××就是我女儿，上午在忙，只能有一点点空当就看几条留言，突然看到一条内容怎么这么像我们家，一看留言人，原来正是我家乖宝，即刻感动到热泪盈眶。确实我们的爱是没说出口，但都默默地为对方做着。早上准备好早餐，帮他烧好一壶开水（这个时间他就自己洗漱换好衣服），等我吃完早餐去换好工作服，他已经帮我洗好晾了我跑步后脱下的湿衣服，碗筷也收拾好了。大家一起出门去上班，每天都精神满满、幸福满满。

读您的文章，每天都有感悟，每天都有感慨，我做的一件事女儿不太认可，但她竟然还主动帮我，原来女儿对我的爱就是大爱啊！

总想给您留言，又怕增加您的工作量，以后我会把每天想说的写在本子上，特别想留言的才发给您吧，打扰您了，见谅。

谢谢她们。这还让大家知道，爱除了表达，对爱的理解也需要时间。再好的诗篇，理解力还没达到时，就觉得不过是平淡的文字。爱为什么需要如此长的陪伴？有时候，是在等着理解力的增长。有爱的生活就是宝藏，怎么都挖不完。就像齐白石画画，功力深了，画画丝瓜与虫子，都那么美。